COLLECTION SÉRIE NOIRE

Créée par Marcel Duhamel

Parutions du mois

n° 2320. LES HABITS D'OMBRE
(CESARE BATTISTI)

n° 2321. CUPIDE
(ROBERT SIMS REID)

n° 1421. L'OEIL DANS LA PLACE
(RUSSELL GREENAN)

n° 110. CALIBRE 38
(VICTOR ROSEN)

RUSSELL H. GREENAN

L'œil dans la place

TRADUIT DE L'AMÉRICAIN
PAR ROGER GUERBET

nrf

GALLIMARD

Titre original :

NIGHTMARE

1

— Maurice, lui, il siffle à petits coups. Ecoutez-le : tic, tic, tic... voilà sa petite chanson. En réalité, il y en a seulement deux sortes : les siffleurs à petits coups et les faiseurs de roulades.

La logeuse me sourit. Un large sourire curieusement réservé. Elle mesurait un bon mètre quatre-vingts, elle avait des hanches d'hippopotame et une poitrine au volume impressionnant.

— Les faiseurs de roulades sont plus mélodieux, continua-t-elle. Pourtant, lorsque le siffleur veut bien s'en donner la peine, c'est une joie de l'entendre !

Elle gratifia d'une chiquenaude pleine de langueur la cage de Maurice et envoya dans ma direction une bouffée de parfum douceâtre.

J'acquiesçai d'un signe de tête et souris à mon tour. Dans un coin, je vis un chat brun au pelage brillant ; il ressemblait à une idole égyptienne. Un rayon de soleil barrait d'or son flanc, et il fixait sur moi un regard impassible.

— Et tous chantent, reprit la logeuse. S'ils ne chantent pas, je m'en débarrasse. A quoi sert un canari qui ne chante pas ? (Un rire perlé sortit de ses lèvres, tandis qu'un fugitif éclair de jeunesse faisait étinceler ses yeux gris lourdement cernés de khol). Certains en élèvent simplement pour leur beauté – une amie à moi qui habite Miami a rempli sa demeure de petites créatures emplumées de rouge – mais moi, il me faut des chanteurs. Lorsqu'ils ne chantent plus, ils deviennent inutiles et je les donne à Ralph.

Suspendues au plafond par des chaînes, une vingtaine de cages renfermaient chacune un ou plusieurs canaris. Tous chantaient joyeusement, et leur odeur se mêlait au parfum de mon interlocutrice qui expliqua :

— Moi, c'est bien simple, j'adore la musique ! (Elle changea de position, de lourds bourrelets de chair roulèrent autour de sa taille massive et tendirent dangereusement le satin fleuri de sa robe.) Pendant des années, j'ai chanté au théâtre. Je ne compte plus mes triomphes dans le monde entier. J'ai même paru plusieurs fois devant des têtes couronnées. (Elle minauda avec coquetterie.) Sur l'affiche, mon nom était Claudette, et rien après... seulement « Claudette ». Peut-être cela vous dit-il quelque chose ? Non ? Ah, c'est que ma dernière apparition à New York ne date pas d'hier ! C'était à l'Hippodrome, dans une revue de Willard Devlin appelée *Les Folies de Manhattan*. J'ai eu des articles délirants dans toute la presse et on m'a proposé d'être la vedette de je ne sais combien de spectacles, mais j'ai tout plaqué pour suivre un Dominicain. Pas un moine, bien entendu, un habitant de l'île !

Je fis un demi-pas vers la porte. Sans paraître le remarquer, elle continua :

— Une vie merveilleuse, mais tout ça c'est le passé. Les gens ne savent plus ce que c'est, le grand style. Le monde du spectacle, c'est chiqué et compagnie, maintenant. Il n'y a plus de gaieté ni d'entrain, rien que vulgarité. Les révoltantes contorsions et les hurlements horribles qui passent aujourd'hui pour de la danse et du chant me rendent malade. Qu'est devenue la verve d'antan ?

Une infinie tristesse envahit ses yeux généreusement

cernés de noir. Elle baissa les paupières de façon théâtrale, comme si la verve en question se cachait dans les motifs du tapis d'orient usagé qui recouvrait le parquet.

Avec une toux discrète, je murmurai les paroles appropriées. Les oiseaux voletaient dans leurs cages, les traversaient d'éclairs d'un jaune éclatant.

— Mais vous voulez vous installer, dit-elle en secouant sa mélancolie. Je ne vous retiendrai pas plus longtemps, monsieur Pierglass. Bien entendu, vous savez que j'ai ici des locataires de couleur aussi bien que des Blancs. Tous des gens bien élevés, croyez-moi, et la plus parfaite harmonie règne dans cette demeure. Chacun traite son voisin avec bienveillance et courtoisie, ce qui est, je pense, le secret des rapports entre les races. Quoi de plus simple, n'est-ce pas ?

— Oui, répondis-je en reculant vers la porte. Vous avez raison, j'en suis sûr.

— Et il y a toujours de l'eau chaude.

— Parfait.

Le chat qui trônait dans son coin déplaça le bout de sa queue d'un centimètre et se lécha les babines.

— M. Portobello joue quelquefois du piano, mais il garde son pied sur la pédale douce. C'est un compositeur. Et Mme Watkins passe de temps en temps ses disques d'opéra, mais jamais très fort.

La logeuse rectifia la position d'un os de seiche dans la cage de Maurice, et je posai ma main sur le bouton de la porte pendant qu'elle ajoutait :

— Ils chantent joliment bien, mes petits oiseaux, n'est-ce pas ?

— Admirablement, acquiesçai-je, prêt à sortir.

— Admirablement, oui. Mais ils font aussi bien, sans quoi je les donnerais à Ralph, les pauvres chéris.

— Ralph ?

— Oui, Ralph.

Elle inclina sa tête trop blonde dans la direction du chat au pelage brillant. En entendant son nom, l'animal leva les yeux vers la grosse femme et scruta son visage d'un énigmatique regard orange.

2

Quand je revins de ma voiture une valise à la main, une négrillonne de sept ou huit ans lisait un livre, assise jambes croisées en haut du perron.

— Tu vas habiter ici ? demanda-t-elle pendant que je gravissais les marches.

— Oui, dis-je en m'arrêtant.

— A quel étage ?

Son visage était lisse et noir comme du basalte, ses yeux marron foncé.

— Au second.

— Ah bon..., murmura-t-elle en hochant la tête comme une vieille dame. (Après un petit silence, elle ajouta :) Tu t'y connais en poésie ?

— Pas beaucoup. Pourquoi ?

— Il faut que j'apprenne celle-ci par cœur. Ecoute :

Quelqu'un s'est conduit de façon très belle ;
Quelqu'un s'est montré un ami fidèle ;
Quelqu'un a chanté un air bien tourné ;
Quelqu'un a souri toute la journée ;
Quelqu'un a pensé : qu'il est doux de vivre ;
Quelqu'un a dit : combien j'aime les livres ;

Quelqu'un n'a jamais la mine morose ;
Quelqu'un a défendu la bonne cause ;
Ce quelqu'un, est-ce toi ?

La fillette leva les yeux :

— Le dernier vers ne colle pas, fit-elle d'un air indigné.

— Non, pas du tout.

— C'est idiot.

Elle haussa les épaules et, me regardant comme si elle attendait quelque chose de moi, elle ajouta :

— Je m'appelle Sunny.

— Et moi Steven, dis-je en souriant.

— Steven ? C'est un joli nom. (Elle hocha de nouveau la tête d'un air avisé.) Et ton nom de famille ?

— Pierglass.

— Pierglass ?

— Oui.

— Jamais entendu ce nom-là, mais il sonne bien. Tu vas demeurer ici longtemps ?

— Je ne sais pas, Sunny. Deux mois, peut-être.

— Le plancher du numéro six est tout gondolé.

— Je sais… j'ai vu.

— Eh bien, je suis contente d'avoir bavardé un instant avec toi, Steven, dit-elle, ses yeux bruns retournant au poème.

— Moi de même, fis-je.

Et j'entrai.

3

Tandis que je montais, accompagné par le craquement des marches, un nègre trapu descendit quatre à quatre. Pour lui livrer passage je m'aplatis contre la rampe. L'homme ne m'accorda pas un regard mais grommela quelques mots – peut-être des paroles d'excuse, après tout – puis la porte d'entrée claqua derrière lui.

— George Washington, annonça une voix aiguë, quelque part dans la pénombre environnante.

J'examinai le palier – à présent au niveau de mes yeux – mais ne vis rien. Mon regard se porta vers le bas de l'escalier. Personne non plus. Me tordant le cou, je scrutai l'espace au-dessus de moi. Gencives édentées, crinière touffue, une sorte de masque à la barbe hirsute était suspendu comme un lampion dans la cage de l'escalier.

— George Washington, répéta la voix.

— Comment allez-vous ? répondis-je poliment en reprenant mon ascension.

La tête pouffa.

— Non... non ! Je ne suis pas George Washington ! C'est lui ! Le gars qui est passé près de vous en si grande hâte. Mon nom à moi est Axel Shadmeister.

En écarquillant les yeux, je finis par distinguer d'étroites épaules reliées par un cou maigre à la tête chevelue, puis une vague forme fluette.

— Ce pauvre George est toujours en retard. J'ai offert de lui fabriquer un réveille-matin – un réveil qui secouerait vraiment son lit – mais il préfère dormir tout son saoul. C'est un chauffeur de taxi et un très brave garçon. L'Afrique le passionne. Hier encore nous avons parlé pendant des heures du royaume de Songhaï et de l'université de Sankore. George a un grand cœur, par de doute.

Je digérai de mon mieux les renseignements qui descendaient vers moi.

— Vous fabriquez des réveille-matin ? demandai-je.

— Oh, je fabrique des tas de choses, gloussa mon interlocuteur. Si je comprends bien, vous allez être au six ?

— En effet.

— Magnifique. Je suis au huit, plus bas dans le couloir. J'espère que nous ferons plus ample connaissance.

J'atteignis le deuxième étage et me trouvai nez à nez avec mon interlocuteur. C'était un vieux bonhomme au teint très pâle dont le costume minable se composait d'une chemise de coton tachée et de bleus de chauffe usés jusqu'à la corde. Aux pieds, il portait des espadrilles grisâtres qui avaient dû être blanches dans un passé lointain. Il pesait peut-être quarante-cinq kilos, certainement pas davantage.

— Quel nom avez-vous dit ? demandai-je en l'examinant.

— Shadmeister. Axel Shadmeister. (Un grand sourire découvrit ses gencives roses privées de dents.) C'est un nom allemand. Mon père venait de Brême.

L'abondance de son système pileux était prodigieuse. Ondulant dans toutes les directions, ses cheveux gris cachaient son front et enveloppaient ses tempes. Des flots de poils indisciplinés inondaient ses mâchoires, tombaient en cascade de son menton, se répandaient sur son cou. Il en sortait de ses oreilles et de ses narines. On aurait dit une poupée de crins fabriquée par un artisan atteint de paralysie agitante.

— Je me nomme Steven Pierglass, dis-je à mon tour. Je suis ici pour un mois ou deux.

— Magnifique ! répéta-t-il en se frottant les mains. J'habite cette maison depuis neuf ans, et si je puis vous être utile en quoi que ce soit vous n'avez qu'un mot à dire. Je connais cette baraque dans tous les coins ! Vous vous plairez au six, j'en suis sûr. Le plancher est un peu en pente et le matelas plutôt dur, mais la fenêtre donne sur la cour et on n'entend pas le bruit de la rue.

4

En retournant à ma voiture, je vis que ma machine à écrire laissée sur le siège arrière avait disparu. Cette découverte me flanqua un coup. La perte de la machine m'importait peu, mais les notes que j'avais placées dans le couvercle allaient me faire terriblement défaut. Un coup d'œil dans la Huitième Avenue me montra une foule de passants, mais aucun d'eux ne trimbalait de machine à écrire. Bien sûr, j'avais négligé de fermer la portière à clé. Maudissant ma stupidité, je revins vers la maison.

Quelques années plus tôt, lors d'une escroquerie aux faux bons du Trésor, j'avais oublié un nom. L'affaire avait cafouillé, et John ne s'était pas montré particulièrement tendre à mon égard. Pour éviter la répétition de cet incident, j'avais pris l'habitude de noter ses instructions. Chose expressément défendue, évidemment, mais seul moyen de m'en tirer, car les combines de John étaient d'ordinaire plutôt compliquées, et chaque détail importait.

Au début, je m'étais contenté de notes succinctes, mais cette méthode s'avéra insuffisante. Je fis donc l'emplette d'une machine à écrire portative qui restait dans ma voiture, et j'y tapais ses ordres pendant qu'ils étaient encore frais dans ma mémoire. Pour que les femmes de chambre des hôtels dans lesquels je descendais ne puissent pas lire ces notes, j'inventai un code. Je tape habituellement sans regarder mes touches, et pour ces transcriptions je plaçais mes doigts une rangée plus haut que pour la frappe normale. La rangée supérieure de mon clavier devenait ainsi la troisième, la troisième la deuxième, et la deuxième la première. J'utilisais la rangée du bas pour les nombres puisque les chiffres étaient employés comme lettres. Il en résultait un charabia parfaitement incompréhensible pour les non-initiés. *L'homme est grand*, par exemple, devenait Ocyàpp4 4z6 t5qhe, tandis que *3246* était rendu par XMCB. J'eus d'abord du mal à m'y retrouver moi-même, mais je finis vite par lire mes textes codés aussi rapidement que le journal... et c'était très facile à taper. Bien entendu, je m'empressais de brûler ces notes dès qu'elles s'étaient fixées dans ma mémoire.

Jusqu'ici cette méthode m'avait donné pleine satisfaction, et je ne craignais pas de voir mon voleur déchiffrer mes documents. Un minable de cette espèce n'aurait rien de plus pressé que de détruire des papiers susceptibles de faire identifier la machine. Non, ce qui m'inquiétait, c'était d'oublier un détail parmi les ordres de John. Aussi, dès que j'eus regagné ma chambre, je m'assis dans un fauteuil aux ressorts fatigués et je tentai de repêcher au fond de ma mémoire l'ensemble de notre conversation. J'y parvins aisément.

— Cette affaire est exceptionnelle, avait-il commencé de sa voix douce, un peu efféminée. Elle sera peut-être difficile à mener à bien. Pour commencer, nos services ont été loués par des intermédiaires, et je ne connais même pas le vrai nom de notre client. La raison en est qu'il s'agit d'une personnalité du monde politique – un homme très en vue sur le plan national, m'a-t-on assuré. Quelqu'un le fait chanter pour un péché de jeunesse. (John rit doucement.) Pas un péché véniel, Steven : notre homme a commis un meurtre ! Ce qui explique son grand désir d'anonymat.

— C'est compréhensible, remarquai-je.

— Oui, susurra la voix dans le téléphone. On le saigne déjà aux quatre veines, et il n'a pas envie que d'autres types se mettent sur les rangs. Sa position n'est pas enviable. Cependant, si nous faisons notre boulot proprement – et je suis certain qu'on y parviendra – nous apprendrons immanquablement son identité. Ceux qui m'ont contacté s'en rendent compte mais n'y peuvent rien. Ils se disent – avec raison – qu'il sera plus avantageux pour moi d'avoir un puissant homme politique dans ma manche plutôt que m'en faire un ennemi implacable… et peu importe la quantité d'oseille que je pourrais lui soutirer. Malgré tout, ils ne m'en racontent pas plus long qu'ils n'y sont obligés.

John toussota doucement, puis poursuivit :

— Voici les faits en ma possession, Steven. Il y a une trentaine d'années, dans l'un des Etats du Sud, une petite négresse de treize ans a été étranglée par un jeune Blanc. Mobile d'ordre sexuel, est-il besoin de le dire. Des fermiers ont surpris le garçon – il avait dix-sept ans – au moment où il attachait un bloc de ciment au cou de sa victime avant de la balancer dans un lac. On l'a arrêté, photographié, on a pris ses empreintes digitales, et on l'a flanqué dans la taule locale où il a signé une confession. Mais quelques jours plus tard, une bonne âme a oublié de donner un tour de clé à une porte ou deux, et le garçon a pris la poudre d'escampette. Pour ne jamais revenir. Qui l'aurait fait à sa place ?

— Et puis, dis-je en m'accotant à la paroi de la cabine, des années plus tard, quelqu'un…

— Exactement, m'interrompit John. Nous ignorons à quel endroit le crime a été commis – c'est l'un des détails qu'on a omis de me communiquer – mais ça ne gênera pas l'enquête. Quant à l'extorsion, elle a commencé il y a cinq ans, et de curieuse manière. Apparemment, ce politicien est affligé d'une malformation physique très visible, et le maître-chanteur, qui le connaissait de vue, l'a identifié en feuilletant un magazine illustré. Il s'est alors rendu au Palais de Justice de la ville où s'était déroulée l'histoire et il a pris connaissance du dossier contenant les empreintes digitales du meurtrier et sa confession autographe. Il a photographié le tout et, un beau matin, notre homme politique a trouvé dans son courrier une lettre qui lui réclamait cinquante mille dollars. Après tant d'années, quel terrible choc ! Le maître chanteur décrivait minutieusement les pièces en sa possession et menaçait de les communiquer à la presse. Notre client était coincé. S'il avait pris la peine de faire détruire le vieux dossier – et il l'aurait pu, j'en suis sûr – rien ne serait arrivé. Mais il n'en avait rien fait, et c'était trop tard – Il allait payer ou sombrer. (John s'arrêta un instant, puis reprit) : Tu me suis, Steven ?

— Oui, John, je vous suis parfaitement.

— Très bien. Je te dirai le reste à l'hôtel. Peux-tu y être dans une demi-heure ?

— Oui, John.

La crainte qu'une oreille indiscrète ne surprît nos conversations – bien que ça se passe toujours d'une cabine publique à une autre – hantait continuellement John. Pour cette raison, il divisait toujours nos communications en deux. Précaution stupide, car il y avait peu de chance pour qu'une des nombreuses cabines utilisées par nous puisse être équipée d'un micro. Mais allez donc discuter avec lui ! Une standardiste pouvait oublier d'enlever une fiche, prétendait-il. Et alors, que se passerait-il ?

Je sautai dans un taxi, et trente minutes plus tard je me trouvai dans la seconde cabine prévue pour notre conversation, à l'hôtel Roosevelt. La sonnerie retentit, je murmurai mon nom dans le combiné, et John reprit :

— Chose curieuse, la lettre du maître chanteur ne venait pas du Sud, elle avait été postée à New York même et portait le cachet d'un bureau de Manhattan. Bien plus, les premiers versements de fonds eurent lieu dans Central Park. La méthode employée était enfantine. La victime devait déposer le paquet contenant la somme exigée dans l'une des corbeilles à ordures du jardin, et le destinataire le ramassait un peu plus tard en se promenant. Inutile d'avoir recours à une méthode plus subtile puisque la victime ne pouvait pas se plaindre à la police; d'ailleurs son influence politique ne joue pas dans notre région. Malgré tout, à la troisième demande il résolut d'agir, poussé sans doute par les exigences croissantes du maître chanteur. Dans cette troisième lettre, il n'était plus question de cinquante mille dollars, mais du double. Il suivit en apparence les instructions données, et déposa un paquet contenant cinq mille billets de vingt dollars dans la corbeille. Mais, deux heures auparavant, il avait pris la précaution de poster un homme à lui derrière un buisson situé dans les parages. Un solide gaillard, ancien sergent de la police, et armé. Cette ruse de guerre ne servit à rien. Après une heure passée dans les angoisses, le politicien revint sur ses pas. Son assistant se trouvait toujours derrière le buisson, mais avec un pic à glace dans la gorge. Et bien entendu l'argent avait disparu.

En dépit de l'atmosphère étouffante de la cabine, un frisson glacé me secoua.

— Je ne vois rien d'enfantin là-dedans, dis-je.

— Non, acquiesça-t-il. Les hommes de main de la Maffia n'auraient pas fait mieux. Et aucune trace de lutte, Steven. Le maître chanteur a dû s'approcher sans bruit du guetteur et se détendre comme un cobra. Mais, bien qu'il n'ait pas eu à souffrir de l'incident, il n'a pas apprécié l'initiative de sa victime et l'a menacée de remettre immédiatement ses photos à la presse. Il a fini pourtant par montrer moins d'intransigeance et s'est contenté de changer la méthode de versement. Apprécie plutôt l'astuce du nouvel arrangement.

« Il s'est fait ouvrir un compte dans une banque de

Manhattan sous le nom fictif d'Albert Parker et a envoyé à notre client une copie de la signature en lui enjoignant d'apprendre à l'imiter. Chaque fois qu'il est demandé de l'argent au politicien, celui-ci établit un chèque au nom de Parker, l'endosse en y apposant la signature fictive, et l'adresse à la banque avec une formule de dépôt pour qu'il soit versé au compte de Parker. Que penses-tu de ça ?

Je réfléchis un instant et demandai :

— La banque ne s'aperçoit-elle pas que la signature de Parker est fausse ?

— S'il s'agissait d'un retrait de fonds, elle s'en apercevrait certainement. Mais un dépôt ? Cherche-t-on la petite bête quand on vous apporte du fric ? Et n'oublie pas que notre client a les meilleures raisons du monde de réussir une signature convaincante.

— En effet, John. Mais comment le maître chanteur retire-t-il l'argent ? Il a bien dû donner une adresse ?

J'entendis le rire délicat de John.

— Bien sûr, mon cher... mais c'est une adresse de complaisance. Chaque mois, un homme qui tient un petit cabinet de conseiller fiscal à Brooklyn trouve un billet de vingt dollars dans son courrier, avec ordre de brûler l'avis de la banque lorsqu'il lui parvient. Cet homme n'a jamais vu Albert Parker. Quant aux retraits de fonds de la banque, deux chèques seulement ont été tirés... chacun de deux cent mille dollars payables à la Nouvelle Nation Noire.

— Payables à qui, John ?

— A la Nouvelle Nation Noire. Tu ne lis pas les journaux ? La N.N.N. est une organisation créée par des Noirs pour obtenir du gouvernement la cession de six Etats, pour que les Noirs d'Amérique puissent former un Etat à eux.

— Et Parker a fait don de quatre cent mille dollars à cette organisation ? dis-je, sidéré. Combien a-t-il fait suer à notre client ?

— Jusqu'ici, un million et demi de dollars. Les deux cents premiers mille en billets de banque, le reste en chèques au profit du compte.

J'émis un petit sifflement.

— Ne siffle pas comme ça, Steven, tu me blesses l'oreille. Oui, un million et demi de dollars... et il paraît que son appétit augmente. Il est collé à sa victime comme une sangsue.

— Mais pourquoi faire don de cet argent aux nègres ?

— Ah ah ah... pour une excellente raison, Steven : parce que ce maître chanteur est lui-même un nègre !

Un long gloussement fit vibrer le récepteur.

— Tiens, tiens...

— Oui, l'intégration gagne un peu partout, à présent. Mais laisse-moi continuer. Un espion introduit dans la N.N.N. a vite découvert qu'elle ne comprenait aucun membre du nom d'Albert Parker. Bien que l'organisation ait touché les chèques et employé l'argent, personne chez eux ne connaît leur mystérieux bienfaiteur. Notre client ne savait plus que faire, et c'est alors qu'il a eu un coup de pot : Parker a commis une petite boulette qui a révélé sa véritable adresse.

John se tut un instant pour jouir de son effet, puis reprit :

— Le texte des demandes d'argent était toujours composé de mots découpés dans des journaux ou des magazines – vénérable tradition parmi les partisans de l'anonymat. Chaque fois qu'une nouvelle lettre arrive, elle est littéralement décortiquée et examinée à la loupe, et ce sérieux a fini par payer. Le dernier texte était composé de mots et de phrases provenant de *Variétés*, le journal des gens du spectacle, et sur l'envers d'un de ces fragments on a découvert la rue et le numéro de la maison où habite un abonné du périodique. « Cette fois, je le tiens... » a pensé notre client. Malheureusement, cet abonné s'est révélé être une abonnée : la tenancière d'une pension de famille. Et quand, sous prétexte d'enquête sur le marché commercial, un homme à lui a rendu visite à la bonne femme, il a appris qu'elle laissait le journal sur la table du vestibule pour que ses locataires puissent le lire.

— Combien a-t-elle de locataires? demandai-je.

— Une douzaine.

— Je vois, dis-je en réfléchissant. Et ce sont des nègres.

— Pas tous. Et ça, c'est un autre coup de pot. C'est un mélange. La propriétaire elle-même est de race blanche, ainsi que deux de ses locataires. Les autres sont des gens de couleur, dont cinq de sexe masculin. Ça rétrécit le champ des recherches. Crois-tu pouvoir t'intégrer dans ce milieu, Steven? Quel effet te font les Noirs?

— Ils ne me dérangent pas. A l'école où j'allais, beaucoup de gosses avaient la peau noire, et j'étais copain avec pas mal d'entre eux. Je me charge de ce boulot.

— Parfait. Je sais que tu t'en tireras. Je crains, par exemple, que l'endroit ne soit pas d'une propreté rigoureuse, mais tu n'auras sûrement pas besoin d'y séjourner longtemps. Il y a un écriteau «chambre à louer» sur la porte, comme c'est souvent le cas dans ce genre d'établissement. L'adresse est 922, Vingt-Huitième Rue. Ouest, bien entendu. Tu pourrais y aller à pied d'où tu es en ce moment. Ça te sera-t-il possible aujourd'hui?

Une note insistante perçait dans la suavité de sa voix.

— Oui. Il me suffit de donner congé à l'hôtel Americana.

— Très bien. Prends contact avec Vernon. Il n'est pas là aujourd'hui, mais il rentre demain soir. Il a des choses pour toi. Va le voir mercredi matin à dix heures et demie. Vu?

— Vu. (Une pensée me vint à l'esprit.) Sommes-nous sûrs que cet Albert Parker agit seul?

— Non... pas absolument. Mais depuis cinq ans que notre client traite avec lui, rien ne lui a permis de supposer qu'il pouvait avoir des complices. J'ai dit pourtant à mes employeurs qu'il était possible que le maître chanteur ait remis à un tiers une de ces lettres « à ouvrir en cas de malheur ». Improbable, m'a-t-on répondu. L'homme est astucieux, mais paraît avoir l'esprit un peu dérangé. D'abord, il hait les Blancs, et ensuite ses exigences sont d'une extravagance folle. C'est un tel mégalomane qu'il aurait certainement parlé de ce genre de lettre si l'idée lui était venue d'en écrire une. Non, Parker est certain qu'il ne sera jamais pris.

— D'ac. Je vais voir si je peux le repérer.

— Arrange-toi pour qu'il ne te repère pas lui-même. Pense au pic à glace, mon garçon. N'oublie pas non plus que c'est une affaire importante... une affaire qui nous ouvre de belles perspectives d'avenir. Sois donc prudent. Il ne s'agit pas de faire s'envoler notre vilain merle !

— Je serai la prudence même, John !

Il me souhaita bonne chance et raccrocha.

5

Ma chambre me flanqua le cafard. En regardant ses quatre murs couverts d'un papier couleur abricot, je pensai aux scènes de désespoir dont ils avaient probablement été les témoins. De la fenêtre, on apercevait les buildings du bas Manhattan, qui miroitaient sous les implacables rayons du soleil. Lorsque je l'ouvris, un air brûlant m'enveloppa aussitôt. Un vieux chêne, dont la moitié des branches noircies étaient mortes, occupait le centre d'une cour dénudée. Le tronc de l'arbre mesurait bien soixante centimètres de diamètre mais une hideuse cavité en rongeait l'intérieur. Un escalier d'incendie descendait en zigzag le long du mur; son bâti métallique formait d'innombrables motifs décoratifs, mais il était en si piètre état que je souhaitai n'avoir jamais à l'utiliser. Le chant mélodieux des canaris montait vers moi.

Je m'assis dans le vieux fauteuil et allumai une cigarette. Après avoir feuilleté un antique magazine posé sur la table, j'allai me passer de l'eau sur le visage et sortis.

Dans le couloir, je tombai sur Axel Shadmeister.

— Installé ? demanda-t-il avec une grimace qui était probablement un sourire amical.

— Oui.

— J'ai dû quitter ma chambre, expliqua-t-il. La chaleur y est infernale. J'ai inventé un ventilateur, mais je n'ai pas encore eu le temps matériel de le fabriquer. L'idée est ingénieuse... purement mécanique. Un volant monté sur la M.A.B.U.G. en fera tourner les pales.

Il s'adossa au mur et caressa lentement sa barbe.

— Espérons que ça marchera, dis-je en me dirigeant vers l'escalier.

— Oh, n'ayez crainte ! Cet appareil ne tournera pas aussi rapidement qu'un ventilateur électrique, mais il déplacera de l'air. Et la M.A.B.U.G. fonctionne sans aucune dépense. Alors, pourquoi s'en priver ?

Je fis halte et demandai :

— Qu'est-ce que c'est que cette M.A.B.U.G. ?

— Une machine, répondit Axel Shadmeister en se redressant, le visage soudain illuminé. Voulez-vous la voir ?

— Pourquoi pas ?

Je le suivis jusqu'à la porte de sa chambre. Arrivé devant elle, il s'écarta et dit :

— Voyez !

Je regardai, clignai des yeux, et regardai encore. La pièce était tout en longueur et, semblable à une nichée de serpents translucides, une dentelle de tubes en matière plastique l'emplissait d'un bout à l'autre. Tringles, piliers de soutien, tasseaux, fils de grosseurs variées maintenaient en place les différentes parties de l'étrange assemblage qui lançait de tous côtés ses ramifications sinueuses.

— Seigneur ! m'écriai-je avec respect. Qu'est-ce que c'est que ça ?

A travers la forêt de poils qui couvrait le visage du vieil homme je vis un large sourire fendre sa bouche et ses yeux bleus briller sous la broussaille des sourcils.

— Ça, proclama-t-il fièrement, c'est la M.A.B.U.G. ! Le sigle de la Machine Automatique à Billes pour l'Utilisation de la Gravité. J'en suis l'inventeur, monsieur Pierglass, et c'est moi qui l'ai construite. Ça m'a pris des années et elle n'est pas encore finie. Peut-être ne le sera-t-elle jamais complètement, car j'y fais de constantes améliorations. Et notez bien ceci : vous voyez seulement le prototype d'un modèle beaucoup plus important dont j'ai dessiné l'épure qui, pour le moment, demeure à l'état de projet. Les moyens de le réaliser me manquent. Mais que pensez-vous de ce que vous avez sous les yeux, cher monsieur ? Ce n'est pas une chose qu'on rencontre tous les jours, hein ?

— Non, acquiesçai-je en essayant de me faire une idée de l'appareil. A quoi sert exactement cette machine ?

— Théoriquement : à tout. En pratique, le manque de résistance des matériaux employés restreint ses applications. L'énergie lui est fournie uniquement par la gravité terrestre.

La petite flamme apparue dans le regard de mon interlocuteur devenait un brasier ardent, et une goutte de salive, au milieu de sa barbe, brillait comme une perle.

— Il faut que vous assistiez à une démonstration, déclara-t-il d'un ton sans réplique.

Il me prit par le coude pour m'amener plus près du labyrinthe de tuyaux. Poussé par la curiosité, je le suivis docilement.

— Attention à votre tête ! me prévint-il. Par ici... là, c'est un cul-de-sac. Prenez garde à ce palier d'arbre.

Je restai le plus près possible de mon guide, car je craignais de me perdre et d'être incapable de retrouver mon chemin tout seul. Il était clair à présent que cette multitude de tubes faisait partie d'un système unique, malgré les différences de diamètres. Certaines sections traversaient des tambours métalliques. Quelques-uns se terminaient par un élément vertical. D'autres, enfin, disparaissaient dans les murs – tapissés de liège blanchi à la chaux, me sembla-t-il. D'innombrables leviers et boutons de toutes sortes s'apercevaient au milieu de la foule d'engrenages, de pignons, de contrepoids, de clapets… d'entonnoirs même. Dans un coin, une série de pinces, crochets et puisoirs, qui descendaient de bras articulés.

A travers cet enchevêtrement d'objets hétéroclites j'aperçus un lit en désordre. Plus loin, deux classeurs et un établi s'alignaient le long d'un mur. Un bureau et un fauteuil étaient placés contre un autre mur. Une commode pour laquelle on n'avait pas trouvé de place encombrait le milieu de la pièce. Des tableaux représentant divers systèmes d'embrayages pendaient à des clous. Deux fenêtres à doubles vitres teintées de vert muaient la lumière solaire en une trouble clarté sous-marine. Dans cet océan artificiel, la M.A.B.U.G. pouvait passer pour une hydre, et la tête hirsute de son inventeur pour un oursin.

— Ne vous laissez pas impressionner, lança Shadmeister par-dessus son épaule. C'est seulement une machine, après tout. De taille respectable, pourtant. Si vous mettiez tous ces tubes bout à bout, leur longueur totale atteindrait un bon kilomètre !

— Une sorte d'intestin, commentai-je.

Il pouffa.

— En effet. Et – croyez-le ou non – il se compose de deux mille trois cents pièces distinctes.

— Allons-nous loin encore ? demandai-je.

— Non, nous voilà au bout de notre voyage.

La tuyauterie devenait moins dense, et nous atteignimes une partie plus dégagée de la longue pièce. Shadmeister me montra le fauteuil placé près du bureau, et je m'y laissai choir avec reconnaissance. Un sourire matois apparut sur le visage du vieil homme et, plongeant la main dans sa poche, il la ressortit ; il tenait entre ses doigts une petite bille d'acier poli.

— Pouvez-vous me dire le nom de cet objet ? demanda-t-il.

— Un roulement à billes, dis-je en haussant les épaules.

Shadmeister poussa un éclat de rire strident et sauta en l'air ; ses cheveux voletèrent dans toutes les directions.

— Non ! Non ! Non ! hurla-t-il d'un ton triomphal. (Puis, sortant d'une autre poche un second objet ressemblant à la roue d'un patin à roulettes :) Ceci est un roulement à billes, mais *ceci* (il me fourra la bille d'acier sous le nez) est seulement une bille de roulement !

Il exécuta un petit pas de danse, rit avec jubilation, puis, redevenu le vieil homme sérieux du début, il constata :

— Certains ingénieurs commettent la même erreur que vous.

Je changeai de position sur mon fauteuil et dis d'un ton glacé :

— Remarquable.

Il se frotta le nez et me désigna une boîte noire fixée au mur. Plusieurs rangées de touches semblables à des dominos lui donnaient l'apparence d'une grosse machine à écrire ; des fils métalliques sortaient de sa base pour courir le long du mur.

— L'organe de commande, expliqua-t-il. Regardez bien cette fenêtre.

Il tendit son index, tel le canon d'un pistolet et, d'un geste large, poussa l'un des dominos.

Mon regard se tourna vers la fenêtre à guillotine. Il y eut un cliquetis suivi, pendant quelques secondes, d'un léger ronflement, puis une série de craquements. Un bref silence succéda et j'entendis une chaîne grincer tandis qu'un panneau de la fenêtre commençait à monter. Quand il se fut élevé d'une vingtaine de centimètres il s'arrêta, et les bruits cessèrent.

— Pas mal ! m'écriai-je, impressionné malgré moi.

M'examinant du coin de l'oeil, Shadmeister reprit :

— Et l'opération ne consomme pas un volt d'électricité.

Vous voyez cette trémie, là-haut ? (Il montrait une seconde boîte fixée au plafond, au-dessus de la première, et d'où jaillissaient une multitude de tuyaux qui rayonnaient dans toute la pièce.) Elle est remplie de billes d'acier. Quand j'appuie sur l'une des touches, une de ces billes tombe dans le tube voulu et déclenche le fonctionnement automatique de l'appareil. Je ne puis vous révéler les détails du mécanisme, mais je vous prie de croire que l'opération est des plus simples. Une seule bille a suffi pour ouvrir cette fenêtre. Toutes les touches, comme vous pouvez le voir, portent une indication bien visible. J'ai appuyé sur celle qui porte l'inscription: *Ouverture de la Fenêtre Numéro Un.* A côté, vous distinguez celle qui est marquée: *Fenêtre Numéro Deux.* A présent, regardez bien la porte.

Mon regard se dirigea vers l'autre bout de la pièce, mais l'enchevêtrement de tentacules en matière plastique m'empêchait de bien voir et je dus me baisser. J'entendis de nouveaux cliquetis et ronflements, et une bille traversa rapidement l'un des tubes translucides avant de disparaître dans un coude. Quatre coups sourds succédèrent au ronflement, il y eut un autre bruit de chaîne, et la porte s'ouvrit.

J'aperçus alors une paire de sandales dorées et deux jolies jambes brunes. Je levai la tête, mon regard rencontra celui d'une jeune femme de couleur, immobile dans le couloir. Mince, vêtue d'une robe d'un jaune éclatant, elle avait des yeux d'Orientale et je lui donnai dix-sept, peut-être dix-huit ans.

Avec un petit sourire en coin, elle secoua la tête en murmurant:

— Bizarre.

— Miss Johnson ! Miss Johnson ! s'écria le vieil inventeur. Entrez, mon enfant, entrez. Ma parole, vous êtes aussi jolie qu'un bouton d'or. N'est-elle pas charmante, monsieur Pierglass ? Je vous présente M. Pierglass, Miss Johnson. C'est un nouveau locataire.

— Il a la crampe ? demanda-t-elle.

Je me redressai brusquement, me cognai la tête contre une traverse de la M.A.B.U.G. Le sourire de la jeune fille s'élargit.

— M. Shadmeister me faisait une démonstration, expliquai-je en me frottant le crâne. L'espace d'une seconde, j'ai cru qu'il venait de vous fabriquer avec son appareil magique !

— Si j'étais capable d'une telle opération, glousa le vieil homme, je ne perdrais pas mon temps à d'autres besognes.

Il battit des mains et éclata d'un rire asthmatique, puis, dodelinant du chef, il ajouta :

— Mais entrez donc, Miss Johnson.

— Non, non. Je n'ai pas le temps. Alexander solde des mini-pyjamas, et s'il n'en reste plus quand j'arriverai, je devrai dormir toute nue. Imaginez comme ça serait vilain ! Une autre fois, mon chou !

Elle battit des paupières, nous fit au revoir de la main et disparut en dansant.

Quand nous n'entendîmes plus le claquement de ses sandales sur les marches, Shadmeister appuya sur la touche de la boîte de commande marquée *Fermeture de la Porte* et, tandis qu'une bille d'acier bondissait hors de la trémie, il me confia :

— Cette délicieuse enfant se prénomme Thelma. Pour le moment, je travaille à un balai automatique, mais son mécanisme a besoin d'une mise au point. (Il poussa un soupir.) J'avais installé un excellent système avertisseur d'incendie dans cet immeuble, mais il s'est déclenché accidentellement par une nuit de janvier, et Mme Igoe – notre logeuse – m'a obligé à le démonter. Oh, je ne le lui reproche pas. Il faisait un froid de canard, et nous nous sommes tous précipités dehors en vêtements de nuit. M. Yonkers a dû garder le lit pendant une semaine. Il était furieux. Nous avons tous attrapé des rhumes, mais le système avait bien fonctionné.

En cas d'incendie réel, mon invention nous sauvait la vie à tous. Je suppose qu'un rat a déclenché le mécanisme, au sous-sol. (Son regard se dirigea vers la fenêtre.) Oh... voici le facteur. Excusez-moi une seconde, j'attends un important catalogue de bagues d'arrêt.

Il se faufila vers la porte et, avant de sortir, ajouta :

— Elle s'ouvre aussi à la main, bien entendu.

6

Je me levai pour jeter un coup d'oeil autour de moi. Plusieurs bouquins traînaient sur le bureau. Je lus leurs titres. Deux traitaient de tatouage, un de la réparation des horloges, un autre de meules circulaires, un cinquième des courroies trapézoïdales. Il y avait aussi des revues de mécanique et une brochure décrivant différents types de cables. Je m'approchai de l'établi. Des outils étaient accrochés à la paroi de liège. A côté de l'étau, je notai une lampe à souder, une torche électrique, des bouts de fil de fer, des clous, des vis.

Un peu plus loin, une petite porte se découpait dans le mur. Elle mesurait peut-être soixante centimètres de large, un peu plus en hauteur, et touchait le plancher. « Sans doute un placard » , me dis-je, et je ne l'ouvris pas.

Regagnant le fauteuil, je fourrai une cigarette entre mes lèvres et m'aperçus que je n'avais pas d'allumettes. A travers la vitre verdâtre, j'aperçus Shadmeister en grande conversation avec un facteur au visage rougeaud. Ne trouvant rien pour allumer ma cigarette sur le bureau, j'essayai d'ouvrir le premier tiroir. Il était fermé à clé, ainsi que celui du dessous. Le tiroir du bas me fut d'abord plus favorable, mais, arrivé à mi-course, il s'arrêta net. Il paraissait vide.

J'y fourrai la main pour en explorer le fond. Elle entra en contact avec un objet froid. Instinctivement, je voulus la retirer ; un cri m'échappa aussitôt. Une intense douleur venait de me traverser le poignet et remontait le long de mon bras. J'avançai encore la main ; la souffrance diminua, mais un pénible élancement persistait jusqu'à l'épaule.

— Bon Dieu, qu'est-ce qui m'arrive ? marmonnai-je.

Quelque chose s'était refermé sur mon poignet, et j'avais l'impression d'avoir été mordu. Me laissant tomber à genoux, je tentai d'examiner l'intérieur du compartiment, mais ma main disparaissait dans l'obscurité du fond et je ne distinguai rien.

Tout en jurant, j'exerçai une forte traction sur le tiroir avec ma main libre. Impossible de le déplacer. Je respirai un bon coup et, serrant les doigts pour diminuer le volume de ma main, je tentai prudemment de la retirer. Des griffes s'enfoncèrent aussitôt dans mon poignet. Je poussai un cri de douleur et cessai de bouger.

Assis sur les talons, je sentais la sueur couler le long de mes joues et ma main me lancinait tandis que mes doigts commençaient à devenir curieusement rigides. Débitant un chapelet d'obscénités, j'attendis.

Enfin Shadmeister finit par réaparaître.

— Que vous arrive-t-il, monsieur Pierglass ? lança-t-il, consterné.

— Je cherchais des allumettes, et une sorte de piège à rats s'est refermé sur ma main, dis-je d'une voix rauque. Pouvez-vous me délivrer ?

— Oh, mon Dieu, quel affreux accident ! murmura-t-il en trottinant vers moi, paupières clignotantes et barbe au vent. Je suis désolé... désolé... Dans une seconde vous serez libre ! (Après avoir sautillé un moment sur un pied, il plongea derrière le bureau en marmonnant :) Il y a un ressort en bas... si je peux l'atteindre... Là, ça y est ! La mâchoire est ouverte.

Je tirai sur ma main, d'un geste d'abord hésitant. Rien ne

la retenait plus. Je la regardai. Un cercle de petites entailles d'où suintait du sang entourait mon poignet.

— C'est épouvantable... épouvantable, gémit le vieil inventeur en émergeant de derrière le bureau. Quel imbécile je suis ! Je ne puis vous dire à quel point je suis désolé. Mais laissez-moi vous panser.

— Qu'est-ce que c'était ? demandai-je en réprimant ma colère.

— Oh, un petit piège... seulement un petit piège. Je crains tellement qu'un cambrioleur s'empare de mes trouvailles avant qu'elles soient brevetées !

7

— Salut ! lança d'une riche voix de baryton l'homme assis dans le fauteuil à bascule.

Son visage était très brun, ses cheveux crépus, mais il avait un nez et une bouche finement modelés. Un sourire amical sous sa courte moustache. Il ajouta :

— Vous êtes le nouveau locataire, hein ?

— En effet, dis-je en prenant place sur le banc de la véranda.

— Mon nom est Portobello. Manuel Portobello. Tout le monde m'appelle Manny. Je compose des chansons.

Je me nommai à mon tour et nous nous serrâmes la main sans quitter nos sièges.

— Vous êtes d'ici ? demanda-t-il.

Je haussai les épaules.

— Plus ou moins. Je suis né dans le Bronx.

— Sans blague ? J'y ai habité dans le temps. J'ai fait mes débuts au cours d'un spectacle de variétés sur la scène du bon vieil Opéra local. Savez-vous où il se trouve, Steve ?

— Bien sûr. Dans la 149ᵉ Rue. C'est devenu un cinéma.

— C'est vrai… c'est vrai. Mais autrefois, les meilleurs talents du nord de la 57ᵉ Rue étaient fiers d'y paraître. J'ai commencé par vendre des bonbons à l'entracte. Il fallait m'entendre lorsque je criais à m'en faire éclater les poumons :

« Chewing-gum ! Bonbons acidulés ! Cacahuettes ! » Ou bien : « Délicieux chocolats glacés… ils vous fondent dans la bouche ! » Ah, je savais me débrouiller !

Je lui offris une cigarette, en pris une moi-même et les allumai toutes les deux.

Manny tira une longue bouffée et continua :

— C'est Bernie Lang qui m'a donné ma chance. La fille qui faisait travailler les chiens savants ne décuitait pas, alors, hop… il m'a expédié sur les planches ! On m'a fait endosser un bel uniforme avec des épaulettes d'argent… Ce qui ne m'empêchait pas d'avoir un trac formidable. Plus tard, Harry Hastings m'a enseigné quelques pas, j'ai appris une chanson ou deux, et Bernie m'a fait passer entre deux numéros.

Il envoya un jet de fumée bleue dans l'espace et, contemplant d'un air pensif la peinture écaillée du plafond, il demanda :

— Quel genre de boulot faites-vous ?

— Je suis comptable.

— Diplômé ?

— Non. J'ai échoué deux fois à l'examen, alors je ne me suis pas obstiné.

— Paraît que c'est très dur. Vous travaillez dans les environs ?

— Je suis chômeur, pour l'instant.

Manny cligna de l'oeil.

— Ne vous bilez pas, Steve. Les places, on finit toujours par en dégoter une. Moi ? J'ai eu des hauts et des bas. Dans la vie, je monte et je descends comme un yoyo ! Une année – croyez-le ou non – je me suis fait trente-quatre mille dollars. Mais ils m'ont filé entre les doigts pendant cette même putain d'année. Aussitôt gagnés… aussitôt partis. Les trois G : Gnôle, Gonzesses, Gailles. Ils m'ont lessivé. C'est l'année où j'ai écrit « *Teuf… teuf* ». Vous vous souvenez ?

De sa voix profonde, il chantonna :

Je vais m'acheter une automobile,
Et je roulerai sans me fair' de bile.

— Oui, c'est moi qui ai écrit ça. Pendant quatre mois, ma chanson est restée en tête de liste des dix plus grands succès de la semaine. Le refrain était : « *Teuf-teuf-teuf... teuf-teuf-teuf* ». Une idée nouvelle, c'est ça qui rapporte. Au bout de deux ans, je l'ai compris.

Un Noir au long corps maigre et coiffé d'un chapeau à larges bords apparut au bas des marches.

— Salut, Dudley ! lança le compositeur.

— Salut, grommela l'homme en me jetant un regard hostile.

— Tu viens de faire une petite promenade ? demanda Manny.

— Oui. Je n'y tenais plus, dans ma chambre. Les oiseaux et le chat de la mère Igoe puent tellement. J'ai envie d'écrire au Service de la salubrité.

Je notai dans son accent une pointe d'intonation britannique. Il continua :

— Si ma fille n'avait pas une flopée de gosses, j'irais habiter chez elle. Oui, Portobello, je le ferais... même si son foutu mari a autant de cervelle qu'une noix du Brésil

Il nous fixa d'un air féroce, ôta son grand chapeau et, poussant brutalement la porte, disparut à l'intérieur.

— Qui est-ce ? m'enquis-je.

Un large sourire découvrit les dents de Manny.

— Dudley Yonkers. Ne le prenez pas au sérieux. Il y a deux choses que Dudley ne peut pas souffrir : les gens et les animaux. A part ça il est très bien. Un vieux malin. Il a entrepris je ne sais quel travail de psychologie dans sa chambre. Si je comprends bien, il vide sa tête sur le papier.

— Que fait-il exactement ?

— Ça peut sembler maboul, mais il écrit tout ce qu'il sait. Absolument tout. Il y a des années qu'il se livre à cet exercice. Si vous voyiez sa pile de cahiers ! Il est probablement cinglé, mais il en connaît un sacré bout et il a fait tous les métiers. Marin… acrobate dans un cirque… que sais-je ? Washington et Shadmeister tentent parfois de lui river son clou, mais le vieux Dudley a réponse à tout. Vous avez rencontré Shadmeister ?

— Oui. Hier après-midi. Il est un peu bizarre lui aussi, non ?

— Bizarre ? C'est comme si vous disiez que l'océan est légèrement humide. Axel est timbré à quarante carats, mon vieux… ne vous y trompez pas. J'ai beaucoup de sympathie pour lui, mais il faut reconnaître que les idées abracadabrantes foisonnent dans son pensodrome. Il vous a montré sa fameuse machine ?

— Oui, j'ai eu droit à une démonstration.

— Alors, vous comprenez ce que je veux dire !

Le compositeur me décrivit les autres locataires. Miss Butler était l'ennemie déclarée de l'alcool, mais Red Chase – un ex-pompier – ne dessoûlait jamais. George Washington conduisait un taxi : un brave type. Buck Buchanan venait d'une ferme du Sud et ne brillait pas par l'intelligence mais possédait un cœur grand comme Brooklyn. Il y avait aussi un nommé Calvin Davy – un parfait filou auquel il valait mieux ne pas se fier – et une certaine Mme Watkins qui jouait des disques d'opéra à longueur de journée. La jeune fille, Thelma, n'habitait pas la pension depuis longtemps, mais les autres étaient de vieux locataires.

8

Le même soir, je fis la connaissance du père de la petite Sunny, Buck Buchanan. Assis dans la véranda, il buvait de la bière en compagnie de Portobello. Manny me passa une canette et fit les présentations. Le teint de Buchanan était encore plus foncé que celui de sa fille. De profil on aurait dit une ombre chinoise. Large comme une armoire à glace, il avait des bras musclés d'une grosseur impressionnante.

— Il a fait chaud aujourd'hui, déclarai-je en m'asseyant entre les deux hommes.

— Ça oui, joliment chaud, acquiesça Buchanan avec un grand sourire sur son visage rond plein de bienveillance. (Il réfléchit un instant, puis expliqua :) Je suis né en Georgie, alors la chaleur ne me fait pas peur, mais celle de New York, ce n'est pas la même chose. Ici, on a l'impression qu'elle coule dans vos poumons !

Il parlait lentement, aisément, avec l'accent propre aux Noirs du Sud.

— Ce sont tous ces gratte-ciel, dit Manny. Ça transforme les rues en véritables fours. La chaleur ne peut pas circuler, elle s'accumule sur les trottoirs et vous trébuchez presque dessus en marchant.

— Pourquoi avez-vous quitté la Georgie ? demandai-je à Buchanan.

— L'argent, Steve. Ici, on en trouve. Là-bas c'est rare. Moi, ça m'était égal, mais Glory – ma femme – elle avait envie de toutes les jolies choses qu'on voit dans les vitrines. Quand elle avait aperçu un beau réfrigérateur ou un autre objet de ce genre, elle ne cessait plus d'y rêver. C'est naturel, je suppose.

— Mais après t'avoir entraîné à New York, elle t'a plaqué, remarqua Manny.

Buchanan haussa ses larges épaules.

— Elle a fait de mauvaises connaissances, dit-il. Elle manquait de bon sens à ce point de vue, et chez nous elle n'avait pas l'habitude de boire. New York, moi je vous le dis, ça vous déboussole facilement. C'est ce qui est arrivé à Glory. Ici la vie est trop rapide, alors elle a perdu les pédales. Ce n'était pas une mauvaise femme, Manny, mais elle ne pouvait pas s'empêcher d'être jolie et d'avoir des manières engageantes.

Il avala une gorgée de bière et fixa sans le voir le bord humide de la canette ; le blanc de ses yeux était semblable à de la porcelaine.

A ce moment, le nègre que j'avais croisé la veille dans l'escalier – George Washington – monta les marches de la véranda. Il portait encore la même casquette, et un insigne de chauffeur de taxi était épinglé au-dessus de sa visière. Manny fit les présentations, et le Noir me serra la main. Il ne paraissait pas liant et une certaine fierté se lisait sur son visage au large nez plat et aux lèvres épaisses.

— Beaucoup de clients aujourd'hui ? lui demanda Manny.

— Ça peut aller. Tout un tas de touristes. Je les conduis d'un hôtel à l'aéroport et de l'aéroport à un hôtel. C'est comme ça.

— Et naturellement tu leur fais faire le grand tour ? dit le compositeur en clignant de l'œil.

— Tu sais très bien que ce n'est pas mon genre, répliqua Washington avec un pâle sourire. Ça serait mesquin, et je ne cours pas après l'argent à ce point-là. C'est bon pour les chauffeurs à la manque.

Je lui tendis une canette. Il l'accepta et poursuivit :

— Mais tous les provinciaux se figurent qu'on leur fait le coup et je les entends grommeler des choses désobligeantes derrière mon dos.

— Ils te donnent tout de même un pourboire ? demanda Portobello.

— Oh oui. Ce n'est pas qu'ils en aient grande envie, mais ils ont trop la frousse. Ils s'imaginent sans doute que je les tabasserais. (Il se tourna vers Buchanan.) Qu'est-ce que le probloque t'a dit pour l'appartement ?

La question parut embarrasser Buck.

— Il était très occupé aujourd'hui, répondit-il. On installait une douche au 414 et il surveillait les ouvriers. Il doit me parler dans le courant de la semaine.

— Compte là-dessus, dit Washington d'un ton lugubre.

Washington était bâti en force, comme Buchanan, sans que sa carrure ait pourtant la même ampleur ; une pointe de rouge dans la teinte brune de sa peau faisait penser à de l'acajou.

— Buck est gardien dans l'un des grands immeubles de la Trentième Rue Est, m'expliqua Portobello. Avec ce genre de boulot il devrait être logé, mais le propriétaire remet toujours la chose à plus tard. Il a bien deux appartements au sous-sol, mais il préfère les louer.

— C'est vrai, dit Buck. Pourtant, l'un est devenu vacant et j'espère qu'il me le donnera. Ça n'avait pas d'importance quand Sunny était bébé, mais elle commence à grandir. Elle réclame une vraie cuisine pour préparer elle-même nos repas ! M. Campbell dit toujours qu'il a besoin de beaucoup d'argent pour payer les intérêts de ses hypothèques.

— Ça ne l'a pas empêché de s'offrir deux Cadillac, grommela Washington.

9

Vernon Wilcy habitait un luxueux appartement près de la Cinquième Avenue. En se penchant un peu, de ses fenêtres, on pouvait voir le Zoo de Central Park. Un tapis chinois tout blanc recouvrait le parquet de son salon et deux gravures de Hokousaï étaient accrochées au mur dans des cadres de bambou. Le mobilier, d'un bois si poli qu'on l'aurait cru en verre, venait de France.

J'avais fait la connaissance de Wilcy dix ans plus tôt. Nous travaillions dans la même branche, l'escroquerie, et c'est au cours d'une opération commune que nous nous étions liés. Rien de plus simple comme boulot. Par l'acquisition judicieuse de parts vous vous assurez la direction d'une petite entreprise jouissant d'un crédit solide et vous profitez de ce crédit pour faire de gros achats. Vous vous débarrassez aussitôt de la marchandise aux meilleures conditions. Bien entendu, vous ne réglez pas les factures ; la maison fait faillite, mais à ce moment vous êtes loin, avec la bonne galette dans votre poche. La rapidité d'exécution est une chose essentielle et certaines complicités facilitent la manœuvre, mais si vous avez les nerfs bien trempés, l'opération est d'un bon rapport et les risques pratiquement nuls. Du moins, il en était ainsi avant que trop d'amateurs n'envahissent la profession.

Wiley était peut-être déjà en rapport avec John ; sinon,

c'est arrivé peu après, lorsque je le rencontrai encore – c'était à Chicago – il me parla de son patron. Je fis d'abord un petit boulot pour leur compte, puis peu à peu je m'intégrai à la bande. Au début, il s'agissait de falsification de comptabilité ou de menues escroqueries commerciales, mais plus tard j'eus à m'occuper d'arnaques politiques et d'achats de bijoux ou d'œuvres d'art volés. Un jour, j'ai même amené de l'or en fraude à Cuba. La plupart du temps mon travail se bornait à porter des valises d'une ville à l'autre. Des valises fermées, et naturellement, je n'ai jamais essayé de voir leur contenu.

Vernon est mon trait d'union avec John, que je n'ai jamais rencontré, bien que je lui aie parlé des centaines de fois par téléphone. Il y a en John quelque chose d'inquiétant… de pas tout à fait normal. Il est habile – prodigieusement – et ne paraît craindre personne, mais il a la manie du secret et exige une obéissance absolue. Bien qu'il soit très satisfait de moi et m'ait souvent félicité de n'avoir jamais été pris par la police, j'ai plus d'une fois ressenti un certain malaise en l'écoutant. Mais la plupart des besognes qu'il me confie sont de véritables jeux d'enfant et je suis payé de façon royale.

Vernon Wilcy est grand, athlétique, il a un beau visage qui doit son charme à deux yeux d'un bleu laiteux et opalin. Il a passé une bonne partie de sa vie en taule et le monde de la pègre lui est familier. C'est surtout un empaumeur à la voix prenante, mais il ne recule pas devant la violence lorsque les circonstances l'exigent. Je l'ai vu faire feu sur un homme. Le type n'en est pas mort ; n'empêche que la minute a été désagréable. Pourtant, si Vernon peut se montrer brutal, il n'est pas de la même classe que John. Comparé à ce dernier, c'est un enfant de chœur.

Je m'assis sous l'une des gravures japonaises. J'avisai une cafetière sur la table ainsi que deux tasses. Vernon sortit un instant et revint avec un sucrier et un petit pot de lait.

Nous bûmes notre café en bavardant. Vernon possédait une résidence secondaire près de Oyster Bay et pratiquait la voile et la natation. Le temps avait été superbe et il en revenait tout bronzé.

Lorsque sa tasse fut vide, il alla prendre une enveloppe brune dans le tiroir d'une console et me la tendit. Elle contenait une douzaine de photos des lettres de chantage et je les examinai soigneusement. On avait mis un cache sur certains mots avant de prendre le cliché, et toutes les formules finales manquaient.

— Elles sont censurées, remarqua Vernon. Notre client est timide.

Je fis oui de la tête et me mis à lire :

... les Cinquante mille doivent être en billets de dix et de vingt dollars rien de plus gros soit Exact espèce de rat blanc pas de flics ni d'entourloupettes donne-moi seulement Une raison et j'envoie tout aux journaux alors c'est la fin des haricots pour toi je pense que tu comprends et que tu t'exécuteras gentiment misérable salaud...

La fin avait été cachée. Je pris une seconde lettre. Elle ne différait guère de la première, mais la suivante était plus intéressante :

... très bien salaud de Blanc tu as voulu me jouer un tour de cochon et tu as vu ce qui est arrivé j'aurais voulu que ce soit toi qui aies le pic à Glace dans la gorge tu te crois malin mais tu n'es qu'un pauvre con tu as de la veine de ne pas être resté là car j'ai un pistolet Allemand j'ai une lettre toute prête pour le Daily News et je la posterai ce soir à moins que ce soit demain tu peux faire ta valise...

Un nouveau blanc dans le texte.

— John ne m'a pas parlé d'un pistolet, dis-je.

— Qu'est-ce que ça peut te faire ? Pistolet ou pic à glace, nous savons que ce Noir est dangereux. Sois sur tes gardes, petit, c'est tout.

Le message reprenait plus bas et je poursuivis ma lecture :

... je Savais bien que tu essaierais de faire le petit malin mais c'est ta Dernière chance tu auras ce que tu mérites pour avoir tué cette pauvre gamine espèce de serpent venimeux je savais bien que je devais me méfier en allant chercher l'argent sale rat Blanc visqueux...

Deux nouvelles lignes absentes, puis :

... vous les gens gris vous vous croyez malins vous êtes juste pourris et stupides et cruels et égoïstes voilà ce que vous êtes vous les gens gris si je n'envoie pas ma lettre aux journaux demain je l'enverrai après-demain tu n'y échapperas pas rat puant ils t'exécuteront peut-être ils n'oseront pas faire autrement toi qui te croyais malin tu vois ce qui te pend au nez d'ici deux jours...

— Il le tourne et le retourne sur le gril, dis-je en posant la lettre.

— Exactement, approuva Vernon. Ce mec est dingue, mais pas dingue au point de tuer la poule qui pond de si beaux œufs d'or. Lis la suite.

J'obéis. Le ton demeurait la même, tour à tour menaçant, injurieux, jubilant, et pourtant on ne pouvait s'empêcher de ressentir une curieuse pitié pour celui qui avait rédigé le texte.

— Quelque chose t'a frappé là-dedans ? demanda Vernon lorsque j'eus jeté la dernière lettre sur la table.

— Rien de particulier. Un Noir qui n'aime pas les Blancs. Une sorte d'image de lui apparaît, mais c'est celle de presque tous les hommes de couleur.

Vernon acquiesça. Il remit les photos dans l'enveloppe.

— Notre client les a fait étudier par des experts, dit-il. Leur seule conclusion a été que l'auteur faisait bigrement attention à ce qu'il disait et ne révélait rien de lui-même.

— C'est un roublard. Et ce procédé pour le transfert de l'argent à son compte en banque, chapeau ! Je croyais connaître tous les trucs du métier, mais celui-là est nouveau pour moi.

Vernon éclata de rire.

— On apprend tous les jours, petit, déclara-t-il.

Après avoir rempli nos tasses, il plaça une bande magnétique dans la machine posée sur la console.

— Le voici en personne, annonça-t-il en tournant un bouton.

Il y eut quelques secondes de silence, puis une voix sortit du magnétophone :

«*Maintenant, rat puant, écoute-moi et écoute-moi bien parce que l'on ne dit pas deux fois la messe pour les sourds. Fais ce chèque au nom d'Albert Parker. Tu sais comment ça s'écrit : A-L-B-E-R-T P-A-R-K-E-R. Je ne te demande rien de compliqué car tu n'es pas très brillant. Tu appartiens au gouvernement et les autres te trouvent peut-être intelligent, mais ils ne te connaissent pas si bien que moi. Alors voilà : je t'ai envoyé par la poste une signature – celle d'Albert Parker – et tu vas apprendre à l'imiter. Entraîne-toi bien car le résultat doit être parfait. Quand tu la posséderas convenablement, tu endosseras le chèque avec cette signature et tu l'enverras à la First Manhattan Trust Company, au numéro 940 de la Trente-huitième Rue Est. Malheur, ce que tu peux être gourde. Je répète : 940, Trente-huitième Rue Est. Oui, tu as compris cette fois-ci. Quoi ? Bien sûr, ce sera un faux. Mais ne t'inquiète pas pour si peu, tu as des choses plus graves sur la conscience. Oui, ça fait pas mal d'argent, je le sais bien. Mais je veux te dépouiller de tout ce que tu possèdes, rat puant. Quand je t'aurai saigné à blanc, alors tu pourras dire pour de bon que tu es un Blanc !*»

Un long rire sortit du magnétophone. La voix était pleine... pas très grave, mais pleine de résonances.

— Comment ont-ils obtenu ça ? demandai-je.

— Le mec téléphone de temps à autre à notre client. La

première fois, celui-ci n'a eu le temps de rien faire, mais ensuite des hommes à lui se sont arrangés pour enregistrer toutes les paroles prononcées. Il fait les choses à fond, ce gars-là. Ses hommes ont même réussi à savoir d'où venaient les appels, mais c'était uniquement de cabines publiques.

— Le maître chanteur n'a pas peur de téléphoner, on dirait.

Vernon cligna l'un de ses yeux couleur d'opale.

— Il aime entendre les gémissements de sa victime, je suppose. Et il en a probablement eu marre de découper ses petits bouts de journaux. Un coup de téléphone est plus rapide... et les risques pratiquement nuls.

La voix reprenait. Nous nous tûmes. Injures, menaces, obscénités... c'était plus ou moins la même chose que ce que nous avions entendu précédemment. Quand ce fut fini, Vernon arrêta l'appareil.

— Il est tout plein mignon, dit-il. L'as-tu reconnu ?

Je réfléchis un moment.

— Il y a là-bas un nommé George Washington – oui, il s'appelle bien ainsi – et ça ressemble un peu à sa voix, sans que j'en sois tout à fait sûr. La sienne est plus profonde, mais le rythme est analogue. Quand cet Albert Parker dit : « Bien sûr », il accentue de la même manière que Washington. Mais tous les nègres ont à peu près la même façon d'accentuer leurs mots et ça pourrait être n'importe lequel. Et j'ai seulement parlé à trois des cinq gars possibles.

— George Washington ! dit Vernon en secouant la tête d'un air amusé. Ils savent choisir leurs noms ! Si c'est vraiment lui, notre boulot avance. Qui sont les autres ?

— Voyons, dis-je, il y a Buck Buchanan – un gardien d'immeuble – et un compositeur au nom espagnol : Manny Portobello. Compositeur, c'est du moins ce qu'il prétend. George Washington, lui, est chauffeur de taxi. Les deux autres sont un vieux bonhomme maigre comme un clou appelé Yonkers (il passe ses journées dans sa chambre à écrire une sorte de journal) et quelqu'un du nom de Calvin Davy. J'ai vu Yonkers, mais seulement une seconde. Davy m'est encore inconnu.

— Et tous sont des hommes de couleur ?

— Absolument. Il y a deux Blancs : Chase et Shadmeister, mais les seuls Noirs sont les cinq que je viens de mentionner.

— Cinq, ce n'est pas beaucoup. Ça ne devrait pas être trop difficile.

Vernon plaça une seconde bande sur la machine, mais lorsqu'elle s'arrêta je n'étais pas plus avancé. Je répétai à Vernon qu'en conscience je ne pouvais pas identifier l'auteur de la voix et suggérai qu'elle était peut-être déguisée.

— Possible, admit-il en retirant la bande de l'appareil. De toute façon, la transmission téléphonique la déforme un peu et l'enregistrement sur bande aussi. Le point important, c'est de noter ses tournures de phrases. Des expressions comme « Malheur ! » ou « L'on ne dit pas la messe deux fois pour les sourds » , peuvent nous aider. Sans être des preuves formelles, elles nous mettraient tout de même sur la voie.

J'acquiesçai.

10

Lorsque je revins à la pension, je trouvai Mme Igoe sur le pas de la porte ; elle puait le parfum et s'efforçait sans succès de réparer la sonnette électrique.

— Axel Shadmeister voulait s'en occuper, me souffla-t-elle, mais la dernière fois qu'il l'a fait, nous avons été sans lumière pendant trois heures. Ça ne doit pourtant pas être compliqué. D'ordinaire, Buck Buchanan s'en charge, mais ça m'ennuie d'avoir toujours recours à lui.

Une vis s'était desserrée et ne retenait plus le fil de cuivre. En quelques minutes, j'eus tout remis en place.

Pendant l'opération, Calvin Davy était apparu et Mme Igoe nous présenta. Il pouvait avoir vingt-cinq ans, portait un costume bien coupé, et sa peau que parsemaient des taches de rousseur avait la couleur d'une coquille d'œuf un peu brune. Lèvres, nez et cheveux étaient franchement négroïdes. Des pattes en forme de cimeterre descendaient jusqu'au milieu de ses joues, et on ne distinguait pas ses yeux, cachés derrière des lunettes de soleil à monture d'argent.

Il resta planté à côté de moi jusqu'à la fin de la réparation et, quand Claudette fut entrée dans la maison, il me dit d'un ton confidentiel :

— Tu joues aux courses, Steve ?

— Non, c'est au-dessus de mes moyens.

— Au-dessus de tes moyens ! railla-t-il. Ecoute, mon vieux, je connais un mec qui prend des paris d'un quart de dollar !

— Non, Calvin.

— Bon, alors tu veux un billet de loterie ? Il doit bien y avoir un truc qui t'intéresse.

— Pas de billet de loterie non plus.

Calvin secoua la tête d'un air attristé.

— Le temps doit te sembler long, vieux. A quoi tu penses toute la sainte journée ?

— Je trouve des choses.

Il haussa les épaules, descendit les marches du perron et disparut.

Je m'assis dans le fauteuil à bascule de la véranda et ramassai un vieux magazine. J'étais plongé dans un passionnant article sur la plongée sous-marine quand une ombre voila ma page tandis qu'une voix lançait :

— Vous n'en fichez pas lourd, vous !

En levant les yeux, je vis Thelma, un énorme sac en papier dans les bras.

— Pas de boulot, répondis-je.

— On ne s'en douterait pas ! remarqua-t-elle d'un ton sarcastique. Ouvrez la porte, voulez-vous, avant que je laisse tout tomber.

— Je vais faire mieux, dis-je en quittant mon siège. Je vais porter votre sac.

— Chère vieille chose, va ! Mais faites attention, il risque de craquer, et dans ce cas vous serez enseveli sous un flot de lingerie transparente.

La jeune fille habitait au troisième étage, dans une pièce un peu plus grande que la mienne, mais si encombrée de valises et de vêtements qu'on pouvait à peine s'y mouvoir.

— Je vais faire du thé, dit-elle pendant que je posais le sac sur son lit. Je vous en donnerai une tasse. Jetez cette robe là-bas et asseyez-vous.

— Non, fis-je. Je retourne à mon magazine.

— Pourquoi ? Vous avez peur de rester seul avec moi ?

Ses longs yeux obliques m'examinèrent d'un air moqueur et elle ajouta en souriant :

— Vous n'avez rien à craindre, je ne suis qu'un bébé. Allons, ne faites pas l'idiot !

— Entendu, j'accepte.

Elle remplit d'eau une casserole qu'elle porta sur un réchaud. Sa robe était d'un orange très pâle, et si légère que chacun de ses mouvements – précis et pleins de grâce – révélait tout son corps.

— Vous êtes de New York ? demanda-t-elle.

— Oui. Et vous ?

— Non, je suis de partout. Je suis née à Philadelphie, mais j'ai grandi à Atlanta, Phœnix, Buffalo, Norfolk, San Francisco, Detroit, Chicago, Charlotte... je pourrais continuer comme ça pendant une heure. Mon père était avocat.

Je dus avoir l'air surpris.

— C'est vrai, assura-t-elle d'un ton belliqueux et les yeux étincelants. Il a eu son diplôme à Harvard... quand ce n'était pas encore la mode. Mon grand-père était aussi noir de peau que cette valise, mais il n'était pas bête. Il a commencé par acheter et vendre de vieilles bouteilles. A quarante ans, il était propriétaire de deux fabriques et fournissait en verrerie la moitié des distillateurs de la côte Est. En mourant, il a laissé les fabriques à mon père qui les a vendues, l'imbécile. Il avait aussi plusieurs immeubles à Philadelphie et à Baltimore. Qu'est-il arrivé à votre poignet ?

— Je me suis coupé, dis-je en baissant ma manche.

— Tentative de suicide ?

— Non, répliquai-je en souriant malgré moi.

Elle fourragea dans une boîte de carton et finit par en sortir deux grandes tasses.

— Avez-vous été déshéritée ? demandai-je en balayant la pièce du regard.

— Oui… d'une certaine façon. Mon père était membre de l'Institution nationale de la Liberté. Il voyageait à travers tout le pays, défendant les pauvres (qu'ils soient Mexicains, Noirs ou Porto-Ricains) contre les riches, les propriétaires et les flics. C'était gentil et très altruiste, mais ça ne rapportait pas un *cent*. Nous ne vivions pourtant pas trop mal, grâce à l'héritage de grand-père. Et puis un beau matin, à Boston, papa est devenu complètement dingue. Il est allé dans un coin populeux de la ville et il a distribué aux passants quelque chose comme quatre-vingt-dix mille dollars.

Je la regardai pour m'assurer qu'elle ne plaisantait pas.

— Vrai ?

Elle hocha solennellement la tête.

— Hélas oui, mon petit Steve. Je ne plaisante pas quand il s'agit d'argent. A l'insu de ma mère et de moi, il avait tout vendu… valeurs… immeubles… propriétés, mis l'argent dans une valise et était parti faire sa distribution. Rien que de gros billets, de sorte que ça ne lui a pas pris longtemps.

— Quatre-vingt-dix mille dollars ?

— Au moins. Les flics n'ont jamais compris comment quelqu'un ne l'avait pas estourbi pour s'emparer du magot. Mais non, ils se sont mis en rang, comme devant le guichet d'une banque, et chacun est passé à son tour. Il ne restait plus rien lorsque la police est survenue. Du moins, c'est ce qu'ils ont assuré. De toute façon, la valise était vide quand ils l'ont rapportée à la maison. Il y a eu des cris et des grincements de dents chez nous ce jour-là, vous pouvez me croire.

Elle releva un peu la robe orange pour s'asseoir sur un coin du lit et demanda :

— Parlez-moi de votre vie.

— Oh, elle a été tout ordinaire… comparée à la vôtre.

— Vous n'êtes pas bavard, vous. (Elle attrapa un petit sac

de papier et me le passa.) Mangez un de ces gâteaux avant que votre mâchoire ne soit disloquée par vos réparties à jet continu.

J'en pris un, elle aussi, et nous les mâchâmes un instant sans mot dire. Mais avec Thelma, le silence ne pouvait durer longtemps. En mordant trop vite dans le gâteau, elle fit gicler de la crème sur son menton, et elle pouffa. De sa main libre, elle repoussa une mèche de cheveux noirs comme du charbon et essuya la crème.

— Comment trouvez-vous mes pieds ? demanda-t-elle.

— Vos pieds ?

— Oui, ça fait cinq minutes que vous les contemplez.

— Vraiment ? Excusez-moi… ces sandales dorées attirent l'œil.

— Oh, mais ça ne me dérange pas, mon chou, dit-elle avec un sourire engageant. Regardez tout votre saoul. *Ex pede Herculem.* C'est du latin : « D'après les pieds, on reconnaît Hercule ». En d'autres termes, si on mate une petite partie, on peut imaginer le reste.

J'avalai mon dernier morceau de pâtisserie et vidai ma tasse.

— Il y a encore du thé, dit-elle.

— Non merci. Je dois m'en aller.

— J'espère que mes propos ne vous ont pas fait peur ? remarqua-t-elle d'un ton enjoué.

— Pas du tout, répondis-je en riant.

— Bien. Alors revenez quand vous disposerez d'un peu plus de temps.

Et elle me reconduisit à la porte.

11

Pendant les deux jours qui suivirent je m'arrangeai pour entrer en conversation avec les différents locataires. Mme Watkins, une femme aux cheveux gris et au teint de miel foncé, m'offrit une tasse de café dans sa chambre au son de *La Traviata*. Un peu plus tard, Miss Butler m'adressa – dans le couloir – un petit sermon sur les dangers de l'alcool. J'eus l'occasion de bavarder avec Davy à deux reprises. La première fois, il tenta de me vendre une Pontiac, la seconde de la cocaïne « vraiment de première. »

Red Chase, l'ex-pompier de race blanche qui habitait au premier étage, rentra le vendredi soir si rétamé qu'il avait peine à tenir debout. C'était un blond-roux flasque au visage rubicond. Pendant que je l'aidais à gravir l'escalier, il m'expliqua :

— Je bois depuis mon enfance et, c'est curieux, je ne suis jamais devenu alcoolique. C'est pas curieux ça ?

Je le mis sur son lit et il s'endormit aussitôt.

Je parlai plusieurs fois avec Manny sans rien apprendre d'utile. Shadmeister, lui, me révéla l'existence de son passage secret – la cage d'un monte-plats découverte en insonorisant sa chambre. Il avait découpé dans le mur une petite porte pour y accéder (l'ouverture à ras du parquet que j'avais remarquée dans sa chambre) et, bien que l'exiguïté de la cage ne permît pas de s'y mouvoir facilement, il aimait l'utiliser. L'échelle installée par lui à l'intérieur aboutissait au sous-sol. Détail ennuyeux : la cave était pleine de rats « énormes et tout bouffis ». Il craignait de les voir emprunter son échelle, mais il allait fabriquer un piège…

Ce mot le fit souvenir de mon poignet. Il voulut encore l'examiner et s'embarqua dans un grand discours d'excuses.

— J'ai démantibulé cette stupide invention et j'en ai jeté les morceaux aux ordures, conclut-il.

A ce moment son téléphone sonna et il dut me quitter pour y répondre.

Une autre fois, le vieux phénomène poilu me parla pendant une demi-heure de Buck Buchanan. Très surexcité, il voulait téléphoner au patron de Bucky pour lui laver la tête. Si cela ne suffisait pas à faire obtenir à Buck l'appartement désiré, il s'adresserait au Service du travail. Que pensais-je d'une démarche de ce genre ?

— Il vaut mieux ne pas intervenir, l'assurai-je.

— C'est ce que m'a dit Buck, mais avec l'enfant qui grandit, la situation devient intolérable. Il faut faire quelque chose !

J'eus du mal à me dépêtrer de lui, mais je finis par regagner ma chambre. Je commençais à m'habituer au manque de moelleux du matelas et, avec le secours d'un verre ou deux de bourbon, j'arrivais à bien dormir. Dans un coin de mon placard, j'avais découvert un vieil appareil de radio. Le fil qui manœuvrait les cadrans était rompu, mais je réussis à le rafistoler et, bien que les lampes fussent près de leur fin, j'écoutai ce soir-là le compte rendu d'une partie de base-ball avant de me coucher.

12

Le dimanche après-midi, je me trouvais dans la véranda quand Dudley Yonkers vint s'y asseoir à son tour. Osseux et d'une maigreur extrême, il était chauve, il avait une couronne de cheveux blancs au-dessus des oreilles. Sa peau brun foncé plissée de rides lui donnait l'air d'une momie. Il tenait son grand chapeau à la main.

— Vous n'êtes pas un locataire bruyant, dit-il en déposant avec soin son couvre-chef sur le banc. Je vous en félicite. J'habite juste au-dessous de votre chambre et j'entends chacun de vos pas. Mme Wing, la personne qui y logeait avant vous, galopait toute la sainte journée sur ses hauts talons et j'avais l'impression d'habiter sous une salle de bal. Mais vous ne faites aucun bruit, bien que vous ne quittiez guère votre chambre. Vous ne travaillez donc pas, mon garçon ?

— Pour l'instant je me repose. Je viens de terminer une affaire importante à Brooklyn.

— Une affaire importante à Brooklyn, répéta-t-il d'un ton sarcastique. Vous m'avez l'air de quelqu'un qui n'en fiche plus une rame depuis qu'il a découvert l'existence de l'indemnité de chômage ! Personne ne veut plus travailler. A votre âge, je pelletais du charbon sur un cargo par une température voisine parfois de 60°. Dans ce genre de boulot, il m'arrivait de perdre cinq kilos dans une seule matinée. Je ne m'en portais pas plus mal pourtant, car je suis doué d'une constitution robuste. J'avais commencé comme acrobate dans un cirque… alors, vous comprenez !

Il se tut et croisa ses jambes ; il posa un mollet de coq sur une cuisse guère plus grosse que le mollet.

— Et à présent, que faites-vous ? demandai-je.

Yonkers claqua ses dents. Des dents aussi blanches que visiblement fausses.

— Qu'est-ce que vous venez de dire ? grommela-t-il en se penchant vers moi.

— Quelle est votre occupation, maintenant ?

— Je ne vois pas très bien en quoi ça vous concerne, mon garçon, mais sachez que je m'occupe d'autopsychognosie mnémonique.

— Sans blague ?

Il me lança un regard noir.

— Et comme il n'y a pas la moindre chance que vous sachiez de quoi il retourne, je vais essayer de vous l'expliquer. Comment vous appelez-vous, à propos.

— Steven Pierglass.

— Pierglass ? Ah ! ah ! Elle est bien bonne, celle-là ! Eh bien, monsieur Glass-de-bière, allons-y. Mnémomique vient de Mnémosyne, la déesse de la mémoire. Mémoire… vous comprenez ? Elle était la mère des Muses. Les Muses…

— Je connais les Muses, l'interrompis-je. J'ai été à l'Université.

— Vous ?

— Oui. Alors, que veut dire l'autre mot ?

— Quel autre mot ?

— Auto-psychoquelquechose.

— Ah, vous voulez dire « autopsychognosie » ? Vous n'avez pas fait de grec dans votre université ? C'est pourtant une langue importante. Eh bien, l'autopsychognosie est l'étude analytique de son propre esprit. Pour employer un langage qui vous soit plus accessible : je consigne par écrit chaque bribe de connaissance logée dans mon cerveau. Je couche sur du papier le contenu total de mon esprit. Je prends un sujet donné, j'explore les recoins de ma *psyché*, et je note tout ce qui s'y rapporte. Ensuite, je passe à un autre sujet. Leur choix doit être très rigoureux, sans quoi on se retrouve en train de noircir des rames de papier à propos d'un stupide problème personnel. Il faut éliminer tout ce qui n'a pas d'intérêt général. Pour l'instant, je travaille sur les produits comestibles de la mer. Aujourd'hui, j'ai rempli plusieurs pages sur les mollusques bivalves.

— Plusieurs pages ?

— Certainement, et je n'ai pas dit la moitié de ce que j'avais à dire sur les palourdes et pas encore attaqué le chapitre des huîtres… sans parler des clovisses, des moules et des coquilles Saint-Jacques.

Il s'arrêta. Un homme passa dans la rue, son transistor collé à l'oreille. Nous l'observâmes tous deux en silence. Le soleil tapait dur.

— Etes-vous né à New York ? finis-je par demander.

Il se tourna vivement vers moi.

— Pourquoi cette question ?

— Vous n'avez pas l'accent new-yorkais.

— J'ai vu le jour dans l'île de La Barbade… mais je ne vois pas le rapport avec le sujet qui nous occupe. Vous êtes plus curieux qu'une femme, Steve.

Je me tus. Il se mit à grommeler des paroles indistinctes, puis il ramassa son chapeau. Je crus qu'il allait partir, mais il le reposa et dit :

— Où en étais-je ?

— Vous parliez de votre travail. Je ne comprends pas comment vous pouvez y arriver, d'ailleurs. N'apprenez-vous pas quelque chose de nouveau chaque jour ? Ces nouvelles connaissances demandent à être enregistrées à leurs places respectives.

— C'est exact. Vous n'avez pas mis longtemps à vous rendre compte de ça, et pourtant vous n'avez pas l'air de déborder d'intelligence ! (Il grimaça un sourire, ce qui plissa la peau parcheminée qui entourait ses yeux couleur safran.) Voilà comment je résous ce problème : je fais mon possible pour ne rien apprendre de nouveau, je ne lis aucun livre, aucune revue, et j'évite tout contact avec les personnes intelligentes et cultivées… ce qui vous explique pourquoi je passe mes jours dans cette volière délabrée. Les occasions d'augmenter mes connaissances sont pratiquement nulles ici. (Il éclata d'un rire semblable au hululement d'un hibou, tapa du pied et poursuivit :) En théorie, il devrait falloir exactement le même temps pour dégorger sa science qu'en a demandé son enregistrement. Ce que vous avez appris en un jour, il devrait suffire d'une journée pour le décrire. Vous êtes bien d'accord sur ce point ?

— Oui, en effet.

— Eh bien, pas du tout. La presque totalité de ce qui pénètre journellement dans notre esprit est identique à des matières déjà enregistrées. Il s'agit de répétitions. Selon toute probabilité, un homme comme vous, par exemple, n'apprend pas trois choses nouvelles en une semaine. (Son visage rayonna de satisfaction.) Avec moi, c'est différent, mais il y a tout de même répétition. Heureusement, d'ailleurs, car sans cela je ne pourrais pas mener ma tâche à bien. Les choses étant ce qu'elles sont, mon *Autopsychognosie Maïeutique Mnémonique* sortira des presses de l'imprimeur dans une dizaine d'années, et le monde saura quelle immense capacité peut atteindre un sensorium… quand on a pris la peine de le développer. Et comme je suis un homme de couleur, ça clouera le bec à certains charlatans qui prétendent établir une corrélation entre les pigments cutanés et les cellules du cerveau.

— Mais comment utilisera-t-on votre ouvrage ?

— Vous dites ?

— A quoi servira-t-il ?

— Je vous ai bien entendu dire « A quoi servira-t-il ? ». Vous êtes déficient du cerveau, non ? Ne voyez-vous pas à quoi peut servir une connaissance précise du volume cérébral ? En psychiatrie... en médecine... dans l'enseignement ? Quel esprit obtus vous avez, mon garçon ! A quoi a servi l'ouvrage de Harvey sur la circulation du sang ? Et les découvertes de Pasteur ? Et celles de Jenner ? (Il sauta brusquement sur ses pieds et saisit son chapeau). Pourquoi ai-je perdu mon temps à vous parler ? A présent, il va falloir que je note cette conversation d'une futilité absolue.

En deux sauts il fut dans la maison. La porte claqua derrière lui.

Seigneur, pensai-je, voilà un autre Shadmeister. Sa voix, pourtant, m'avait intéressé. Ses intonations différaient très peu de celles que la bande magnétique avait enregistrées, bien que le langage utilisé fut d'une personne d'une plus vaste culture.

13

Le lundi, je dînai à « La Côtelette de Barney » , dans la Troisième Avenue, et m'installai ensuite au bar où je bus un pot en regardant la télé. Atmosphère agréable que je ne quittai pas sans regret.

J'avais regagné ma chambre depuis deux minutes à peine quand on frappa. J'allai ouvrir et découvris Thelma sur le pas de ma porte. Sa chevelure semblait humide et elle était vêtue d'un corsage jaune et d'une jupe de soie blanche.

— Je peux vous faire une petite visite ? demanda-t-elle en se faufilant dans la pièce.

— Une visite ? Il est onze heures passées !

— Ce n'est pas bien tard. Je me sentais toute seulette dans mon grenier. Mon tempérament m'incline parfois à la tristesse et au découragement, et cette baraque me flanque le cafard. Elle est tellement morne, tellement lugubre avec ses couloirs à peine éclairés et cet idiot d'arbre dans la cour ; il ressemble à un accessoire de Macbeth – vous savez, dans le décor de la lande aux sorcières. Il y a des moments où je n'en peux plus !

Elle s'installa dans le fauteuil et, croisant les bras, laissa son regard errer dans les parages de la bouteille de bourbon posée sur la table.

— Pourquoi habitez-vous ici ? demandai-je en refermant la porte.

— Pourquoi ? Mais parce que c'est bon marché, ce qui est toujours une excellente raison. Je vivais avec un garçon dans Greenwich Village, et il m'a fait une scène terrible parce que j'avais accordé un petit baiser à un autre type. Alors, je suis partie.

— Vous viviez avec lui ? Quel âge avez-vous donc ?

— Et vous ? contre-attaqua-t-elle en avançant de façon agressive des lèvres assez épaisses.

— Trente-quatre ans, répondis-je.

— Le double de mon âge. Consultez votre ordinateur et vous connaîtrez le mien. Vous déciderez-vous bientôt à m'offrir un peu de votre gnôle ?

— A dix-sept ans, on est trop jeune pour boire de l'alcool.

— A trente-quatre ans, on est trop jeune pour se montrer hypocrite.

Je poussai un soupir, allai chercher mon verre et y versai une rasade de bourbon.

— Où est le vôtre ? demanda-t-elle.

— Je n'en ai qu'un.

— Monsieur ne reçoit pas beaucoup, je vois ! (Elle but, s'essuya les lèvres avec un doigt.) Doux comme l'amour et fort comme la mort. (Elle s'empara de la bouteille, remplit l'unique verre et me le tendit en déclarant :) A votre tour, Steven. Je viens de prendre un bain dans cet instrument de torture qui sert ici de baignoire. Le fond est en papier de verre et l'eau – froide bien entendu – était pleine de rouille. Et vous allez probablement me traiter de vieille fille, mais j'avais l'impression qu'on matait par une fente de la porte. Ce n'était pas vous, par hasard ?

— Non, Thelma.

— Alors, c'était probablement Calvin Davy. Cet endroit est lugubre et mystérieux comme la Maison Usher du conte de Poe. La nuit, j'entends des pas dans le couloir et des bruits dans les murs. Il y a aussi des rats, m'a dit Axel. Vous ne buvez pas ?

Pendant que j'avalais mon alcool, elle poursuivit :

— Chaque fois que je pense à Papa, maintenant, l'idée de tout cet argent perdu me revient en tête et je me mets à bouillir. Ça n'a rendu personne plus riche, d'ailleurs – sauf les bistrots et les bookmakers – et moi je suis devenue indigente. C'est une honte, parce que j'éprouve une véritable tendresse pour l'argent. Je suis amoureuse des jolis billets, Steven. Voir un caissier en compter une liasse derrière son guichet, ça suffit à me soûler. C'est beau, l'argent. Ça sent bon et c'est agréable à toucher. Vous n'aimeriez pas avoir de l'argent, vous ?

— Je le suppose, admis-je en souriant.

— Vous le supposez ! Vous savez bien que oui, voyons. Les philosophes ont beau dire, il nous rend la vie plus légère. Moi, j'aimerais me rouler toute nue sur un matelas de billets de banque !

Elle se leva et se mit à marcher de long en large.

— Je vous casse les pieds, dit-elle avec amertume. Vous avez déjà entendu tout ça… c'est la plus ancienne chanson chantée par les hommes. Mais je vais vous dire une chose, Steven Glass-de-Bière, je redeviendrai riche un jour. Il faut seulement vivre là où est l'argent – c'est tout le secret – et un jour ou l'autre il passe dans votre poche. Donnez-moi encore à boire, s'il vous plaît.

— Non, il est tard et j'ai besoin de repos.

— Pour quoi faire ? Pour vous asseoir dans la véranda demain ? Ne soyez pas mesquin, un homme qui possède comme vous une belle automobile toute neuve peut bien offrir un peu de gnôle à une petite négresse ?

Une lueur rusée brilla dans son regard pendant que je remplissais son verre.

— Vous êtes un brave garçon, déclara-t-elle en se rasseyant, les jambes haut croisées, puis elle se remit à chanter les vertus de l'argent.

Bien des songe-creux m'ont fait part de leurs rêveries au cours de mon existence, mais aucun ne lui venait à la cheville.

Au bout d'un moment, fatiguée sans doute elle-même de s'entendre, elle alla tourner le bouton de la radio. A ma grande surprise, l'appareil fonctionna de façon parfaite. Si parfaite que je dus me précipiter pour baisser le son avant que le flot de musique trépidante que déversait le haut-parleur n'ait réveillé toute la maison.

— Vous venez danser? demanda-t-elle en tortillant des hanches.

Je ne bougeai pas.

— Pourquoi ne voulez-vous pas danser avec moi? dit-elle en remplissant le verre vide.

— Il est tard.

— Tard? Vous charriez! Faisons la ribouldingue... amusons-nous!

— Non.

— Oh, Stevie... file-moi un petit baiser! dit-elle en venant reprendre place dans le fauteuil.

Je reculai ma chaise.

— Tu regardes encore mes pieds, murmura-t-elle en me lançant un malicieux coup d'œil entre ses cils.

— C'est vrai, dus-je reconnaître avec un rire gêné.

— Pourquoi?

— Je ne sais pas. Le talon est d'une teinte orange.

— Exact. Et c'est une nouveauté pour un Blanc comme toi, hein? Mais aimes-tu cette nuance, Stevie?

— Elle est jolie.

Mes idées commençaient à n'être plus très nettes.

— Et que penses-tu de mes genoux?

Elle tira le bord de sa jupe très haut sur la douceur de ses cuisses.

Je toussotai.

— Vous feriez mieux de remonter chez vous, Thelma, dis-je.

— Ne joue pas les trouble-fête. Détends-toi… laisse-toi aller !

Nos deux sièges n'étaient pas très éloignés l'un de l'autre ; soudain, elle leva son pied et le posa doucement sur mon genou. Je le contemplai un moment, puis le pris par la cheville et le laissai retomber sur le parquet. Elle le leva encore… cette fois en le balançant rapidement devant mon visage. La sandale dorée brillait dans la lumière électrique et finit par descendre une fois de plus sur mon genou.

— Regarde-le bien, ordonna-t-elle. Retire la sandale.

— Non.

Le balancement du pied devant mes yeux m'avait étourdi et je ne savais plus très bien où j'en étais.

— Allons… qu'est-ce que t'attends ?

— Non.

— Mais si. Enlève-la.

Les coins de sa bouche s'étaient relevés en un sourire provocant.

Je plaçai ma main sur son pied dans l'intention de le repousser, mais, au lieu d'obéir, mes doigts tirèrent sur la languette de cuir, la sortirent de la boucle, et la sandale tomba sur le plancher.

— Est-il joli tout nu ? demanda-t-elle.

— Très joli.

Thelma avait le pied petit, assez étroit, et sa chair resplendissait d'un éclat juvénile. Le verre de whisky était encore sur la table, j'avalai une gorgée d'alcool.

— Pourquoi tu ne le touches pas ? demanda-t-elle en faisant remuer ses orteils.

— Non. Posez-le par terre.

— Oh voyons, Stevie. Touche-le... prends-le dans ta main. Caresse-le si tu veux. C'est seulement mon pied, tu sais.

Je souris en la regardant.

— Prends-le dans ta main. Il est vivant, mais il ne te mangera pas.

J'obéis et me mis à le caresser. Mes genoux se prirent à trembler. A ce moment, je compris ce que j'étais en train de faire avec cette jeune négresse de dix-sept ans et, repoussant le pied, je me levai.

— Il faut partir, Thelma, dis-je.

— Raye ça de tes tablettes.

— Si... il le faut.

Me penchant sur elle, je l'empoignai par ses bras minces et la soulevai du fauteuil.

— Donne-moi un baiser, ordonna-t-elle en s'amollissant, de sorte que je dus la maintenir pour qu'elle ne tombe pas. Un grand baiser mouillé..., continua-t-elle.

— Dehors ! lançai-je en la traînant vers la porte.

Brusquement, ses bras se nouèrent autour de mon cou. Des baisers humides et brûlants se mirent à pleuvoir sur mon visage tandis que son corps me repoussait en arrière. Elle m'enserrait comme une pieuvre et je fus bientôt acculé contre mur, ce qui me priva d'espace pour manœuvrer.

— Finissez, voyons... laissez-moi..., murmurai-je en me glissant de côté pour me rendre libre.

Mais la pièce était petite et je me trouvai soudain coincé dans un angle, tandis qu'elle pouffait de rire et m'embrassait de plus belle.

Pour me soustraire à ses baisers je détournai la tête ; elle me plongea immédiatement sa langue dans l'oreille et je dus vite reprendre ma position première en luttant de mon mieux, je réussis enfin à faire lâcher prise à l'un de ses bras noués autour de mon cou, mais, au moment où j'essayais de me saisir de l'autre, sa main libre se glissa dans ma ceinture et se mit à tirer ma chemise hors de mon pantalon.

Comme j'allais émettre une protestation véhémente, ses doigts entrèrent en contact avec ma peau, dont la sensibilité fut aussitôt portée au centuple. Je me recroquevillai sur moi-même, fis tous mes efforts pour éviter la main exploratrice qui continuait à me chatouiller. Mais la lutte devenait inutile… Je me mis à rire… A rire sans pouvoir m'arrêter.

14

Thelma retourna chez elle à l'aube. Plutôt las, je décidai de dormir jusqu'à midi, mais vers neuf heures Manny se mit à taper sur son piano et je me levai.

Après le déjeuner je regagnai mon lit, espérant y savourer deux bonnes heures de repos. Ce fut impossible avec la chaleur qui régnait ce jour-là. Les draps trempés de sueur faisaient mille petits plis sous mon corps et, n'y pouvant plus tenir, je sautai encore du lit.

Un bain me remit en forme et, le soir, j'allai dîner dans un restaurant du Bronx. Quand je rentrai, à la nuit tombée, j'entendis des voix dans la véranda obscure. Dominant les autres, celle passablement éméchée de Buck Buchanan :

— Merde, tu peux être sûr qu'il me téléphonera demain. J'ai dit à Mme Igoe : « Je le connais… vous pouvez vous attendre à son coup de téléphone ! » Attendez seulement qu'il voie les baquets d'ordures demain matin. Il se foutra la gueule par terre dans sa hâte à venir me téléphoner ! Avec cette chaleur, ça cocotte vite, les ordures !

— C'est pas certain, dit une autre voix. Il peut réclamer un gars au Service de la main d'œuvre.

— Lui ? Il est trop radin ! Non, Red, c'est à moi que M. Campbell téléphonera. Dans le fond, il me fait pitié, ce type-là. Il court continuellement d'un côté ou de l'autre, comme une poule à qui on vient de couper la tête. Alors le boulot avance pas… on n'arrive à rien… et il est toujours à se ronger les sangs.

Je montai les marches du perron. Des cigarettes rougeoyaient dans le noir. Je distinguai vaguement la forme massive de Buck.

— Amenez-vous, Steve ! lança-t-il. Venez vous asseoir dans la véranda. On boit de la bière en l'honneur des deux jours de congé que m'a donnés mon patron. (Il éclata d'un rire sonore.) Le bonhomme s'imagine m'avoir mis à la porte, mais demain il aura changé d'avis et me téléphonera de revenir. Asseyez-vous sur le banc à côté de George. Pousse-toi un peu, George.

Portobello et Chase étaient là, avec Washington. Je pris place près d'eux et, tandis que je leur souhaitais le bonsoir, une canette toute fraîche fut glissée entre mes doigts.

— Que s'est-il passé au juste ? demanda Manny.

Mes yeux s'habituaient à l'obscurité et j'aperçus la blancheur de ses dents dans la pénombre.

— J'en ai eu ras le bol… voilà tout, expliqua Buck. M. Campbell a loué l'appartement libre à un jeune couple, et naturellement je lui ai dit : « C'est pas bien ce que vous faites là ; cet appartement devait nous revenir, à Sunny et à moi ». « On discutera de ça un autre jour » qu'il a fait. « Non », j'ai répondu « on va en parler tout de suite. » Il m'a jeté un regard torve et il a voulu s'en aller, alors j'ai dit : « Si c'est comme ça, je vais porter la question devant le Bureau du travail. » Mes paroles l'ont mis hors de lui et, fou de rage, il m'a appelé « Sale négro ». Peut-être que j'aurais pas dû parler du Bureau du travail, mais lui il n'avait pas le droit de m'appeler sale négro. Y a des choses qu'un Blanc doit pas dire à un Noir, juste comme y a des choses qu'un Noir doit pas dire à un Blanc.

« Ça m'a mis en rogne à mon tour. Je l'ai saisi par le col

de sa chemise et je l'ai soulevé. La frousse l'a pris et il s'est mis à trembler. Une bonne chose, parce que sans ça j'aurais pu taper sur ce pauvre con. Mais quand je l'ai vu tout tremblotant, je l'ai reposé par terre. Je tenais pas à ce qu'il ait une crise cardiaque. Aussitôt il a couru vers la porte et, arrivé là, il m'a lancé : « Buchanan, vous n'avez plus rien à faire ici, vous êtes congédié. Je vous enverrai un chèque de la somme qui vous revient. » Et avant que j'aie pu ouvrir la bouche, il a détalé comme un lapin. J'aurais pas dû le prendre par le col de sa chemise, bien sûr, mais je lui ai pas fait mal du tout.

— Vous trouverez sans peine un meilleur patron, Buck, dis-je en rompant le silence qui avait suivi. Les gens comme ce Campbell sont la plaie de notre société.

— Oui, ajouta Portobello. Je connais le genre ; en toute chose ils ne voient que le petit bénéfice à tirer. Rien ne les intéresse, ni le ciel, ni les fleurs, ni les hommes... Seul le Dieu Dollar existe pour eux. Tu as tout intérêt à travailler pour un autre gars.

15

Pendant deux jours je ne vis pas Thelma puis, un après-midi, je tombai sur elle dans la Huitième Avenue. Ses manières me semblèrent étranges et nous échangeâmes seulement quelques paroles. Si bizarre que ça puisse paraître, j'eus l'impression qu'elle portait deux robes : une bleue sur une blanche. Dernière excentricité de la mode dans le vent, décidai-je, à moins que ce ne soit l'effet que me produisait mon séjour à l'asile d'aliénés de Mme Igoe.

Ce n'était pas l'endroit rêvé pour mon genre de travail. Ses locataires parlaient facilement, mais rien dans leurs propos ne jetait la moindre lumière sur l'objet de mon enquête. Si je ne découvrais pas bientôt quelque chose, John allait se faire des cheveux, mais je ne voyais pas comment y parvenir.

Une nuit, je fus tiré de mon sommeil par un branle-bas dans le couloir. Je sautai à bas du lit pour aller me rendre compte de ce qui se passait et j'aperçus Manny et Washington en train d'aider Buck complètement rétamé à rejoindre sa chambre.

— C'est pas juste, George, disait le gardien d'immeuble d'une voix irascible et empâtée. J'ai travaillé dur pour lui… j'ai pas ménagé ma peine… et maintenant il me refuse un certificat. C'est pas des façons, ça ! Comment je vais trouver du travail, sans certificat? Je ferais peut-être bien d'aller le voir pour y enfoncer un peu de bon sens dans la tête. Oui... voilà ce que je vais faire. Qu'est-ce qu'il s'imagine être, celui-là?

En tournant l'angle de l'escalier, Portobello me vit et cligna de l'œil.

— Je pourrais lui régler son compte si je voulais, continua à monologuer Buchanan. Je sais où dégoter une pétoire. A qui elle appartient, ça je l'ignore, mais je sais où la trouver! (Un rire gras le secoua et il se mit à tousser.) Quel salaud! Pas de certificat, qu'il a dit. Et la semaine prochaine, j'aurai plus un radis... plus un radis...

— Lève tes pieds, Buck, lui ordonna Washington d'une voix lasse. C'est ça, mon gros. Te laisse pas tomber sur Manny, tu l'aplatirais comme une punaise.

Cette réplique déclencha l'hilarité de l'ivrogne. Le petit groupe disparut dans l'escalier, puis une porte s'ouvrit à l'étage du dessus et j'entendis la voix de Sunny.

Je regagnai ma chambre et, selon ma vieille habitude, je coinçai le dossier d'une chaise sous le bouton de la porte avant de me coucher.

16

Le jeudi, j'appelai Vernon et lui fis part du peu de renseignements que j'avais recueillis.

— C'est probablement Washington, dit-il, mais il nous faut une preuve tangible avant de passer à l'action.

— Je pourrais fouiller sa chambre, suggérai-je. Aucune des portes ne ferme convenablement. Crois-tu que ça vaille la peine d'essayer ?

— Non. Ce serait désastreux si quelqu'un t'apercevait.

— Tu as raison. Il se peut que Washington ne soit pas notre Albert, et si le maître chanteur devinait la raison de ma présence à la pension Igoe, nous risquerions de le voir se réfugier à Harlem, où nous ne le retrouverions jamais.

— Ben voyons ! Ou, pire encore, il pourrait essayer son pic à glace sur toi. Vaut mieux y aller mollo plutôt que bousiller l'affaire. L'un d'eux a-t-il l'air de rouler sur l'or ?

— Non. Ils paraissent tous plus ou moins fauchés.

— Marrant quand on pense qu'il doit y avoir pas loin de deux cent mille dollars planqués dans cette baraque ! Enfin... bon courage, vieux.

En regagnant la Vingt-huitième Rue, je réfléchissais à la dernière remarque de Vernon. En quel endroit le propriétaire d'une somme pareille pouvait-il bien la cacher ?

17

Vers la fin de la matinée, le lundi suivant, la voix de Miss Butler parvint à mes oreilles.

— Vous devriez avoir honte, criait-elle. Il n'est pas encore midi et vous puez déjà l'alcool. Vous devenez pire que ce propre à rien de Red Chase.

J'entendis Buchanan parler à son tour, mais la scène se passait à l'étage du dessous et je ne compris pas sa réponse.

Après déjeuner, je repris mon poste dans la véranda. J'avais apporté un roman dont l'action se déroulait dans un pays d'Amérique Centrale en pleine révolution et l'histoire m'absorba bientôt.

Des mouches bourdonnaient autour de moi et atterrissaient de temps à autre sur les pages de mon livre, mais je n'y prenais pas garde et le temps passait sans que je m'en rende compte quand, soudain, un bruit de pas rapides attira mon attention. Levant les yeux, je vis Buck accourir, la bouche entrouverte, les yeux exorbités. Il escalada le perron en deux enjambées, ralentit un instant pour me crier d'une voix haletante: «Ne leur dites rien, Steve!» et se précipita dans la maison. L'expression terrifiée de son visage m'impressionna désagréablement.

A peine avait-il disparu qu'une voiture de police stoppait devant la pension dans un grincement de freins. Un flic sauta à terre, me jeta un coup d'œil rapide et bondit à son tour à l'intérieur. Il avait un automatique à la main. Un second policier jaillit de l'autre portière, la claqua, et courut à la suite de son camarade. Posant mon livre, je me levai. Un bruit de galopade m'arriva de l'escalier, puis il y eut un court silence et une voix rauque et stridente ordonna :

— Sors de là !

J'entrai dans la maison où régnait à présent un calme étrange. Pendant que je gravissais les marches en faisant le moins de bruit possible, des murmures étouffés me parvinrent, puis la voix rauque commanda :

— Ouvre la porte et sors avant qu'il soit trop tard, mon gars !

Presque aussitôt, j'entendis Thelma demander d'un ton anxieux :

— Que se passe-t-il, bon Dieu ?

— Vous feriez mieux de descendre, la gosse, lui conseilla l'un des flics.

En bas, la porte du salon s'ouvrit, et le pépiement des canaris monta jusqu'à moi. Thelma apparut dans l'escalier, visiblement inquiète.

— Buck ? me demanda-t-elle en passant.

J'inclinai affirmativement la tête. Elle secoua la sienne et, arrivée au bas des marches, échangea quelques paroles à voix basse avec Dudley Yonkers, puis Mme Igoe se joignit à leur conversation. Comme je m'apprêtais à grimper au troisième, la tête broussailleuse d'Axel se montra dans l'embrasure de sa porte, mais il garda le silence.

— C'est un pistolet à eau, chuchota l'un des policiers.

— Ça m'a paru une arme réelle, répliqua son compagnon.

— Penses-tu ! Mon gamin en a un comme ça que je lui ai acheté au bazar. Je vais enfoncer cette putain de porte.

— Te presse pas, Eddie. Attendons les autres.

— Pour qu'il se sauve par la fenêtre pendant ce temps-là ?

Si c'était une vraie pétoire, il aurait déjà tiré. Non, je te dis, c'est un pistolet à eau en matière plastique.

Entre les barreaux de la rampe, je les apercevais tous les deux, plantés de part et d'autre de la porte de Buck. Celui de gauche vint se placer devant elle. Il leva un pied et, de toutes ses forces, le lança contre la serrure. Il y eut un grand craquement, mais la serrure ne céda pas. Comme il s'apprêtait à recommencer, deux explosions se succédèrent rapidement et deux trous parurent dans le panneau de la porte. Son pied encore en l'air, le flic tomba contre la rampe et s'affaissa lentement.

Sans attendre la suite, je regagnai précipitamment le second étage.

18

Un quart d'heure plus tard, nous étions tous dans la rue avec la moitié des forces de police de New York. Partout on voyait des flics, revolver au poing. Shadmeister en avait repéré sur l'échelle d'incendie et derrière l'arbre de la cour. Le vieil inventeur avait appris je ne sais comment ce qui s'était passé et m'en fit part de sa voix haut perchée :

— Buck a tenté un hold-up chez Bailey, le magasin de spiritueux, mais voyant un policier sortir de l'arrière-salle, il a pris la fuite. Le policier a tiré sur lui, l'a manqué, et Buck a couru jusqu'ici. Comment s'est-il procuré ce pistolet, monsieur Pierglass ? On dit que l'agent risque de mourir. C'est affreux. S'il meurt que va-t-on faire au pauvre Buck ?

A ce moment, un haut-parleur placé sur le toit d'une voiture de police lança d'une voix tonitruante :

— Jette ton pistolet et sors lentement, les mains en l'air.

Manny sursauta.

— Dieu tout-puissant, murmura-t-il. Les flics vont le tuer. J'ai dit au lieutenant que Buck était ivre, mais il n'a rien voulu savoir. Pourquoi a-t-il fallu qu'il tire sur ce policier ? Et d'où lui vient cette arme ? S'il n'obéit pas, ils vont le descendre. Ah, le pauvre couillon !

Il s'éloigna à la hâte.

Un peu à l'écart, Thelma parlait à un policier de couleur.

Elle faisait de grands gestes et l'homme hochait la tête, mais ne répondait rien.

— Ecoute-moi, Buck, beugla soudain le haut-parleur. C'est Manny qui s'adresse à toi. Tu entends ? Manny. Fais ce que les policiers t'ordonnent, Buck ! C'est le mieux, crois-moi. Pose ton pistolet sur le plancher, ouvre la porte et envoie l'arme dans le couloir d'un coup de pied. Ensuite, lève les mains en l'air et sors... Mais sans marcher trop vite. Ne tente rien d'autre, Buck. Fais seulement ce que je te dis, autrement tu n'as aucune chance de t'en sortir.

Près de moi, Mme Igoe sanglotait, son mascara faisait deux petites rigoles noires le long de ses joues.

Tous les regards étaient fixés sur le store vert qui masquait la fenêtre de Buck. Comme celle de Shadmeister à l'étage du dessous, sa chambre occupait toute la profondeur de l'immeuble et une fenêtre l'éclairait à chacune de ses extrémités. Les policiers se préparaient à lancer une grenade lacrymogène à travers celle de la façade. Comment pouvait-on avancer un si gros projectile avec une précision suffisante. J'étais en train de me poser la question quand un reflet lumineux attira mon attention sur le toit. Quelques secondes s'écoulèrent avant qu'il luise encore mais cette fois je pus le localiser. Une lucarne entière s'ouvrait lentement, et bientôt surgit un pistolet au bout d'une main brune.

Autour de moi, les gens avaient détourné le regard de la fenêtre pour observer les gestes du policier au fusil à grenade lacrymogène. Manny continuait ses exhortations et noyait de son baryton puissant leurs commentaires surexcités. Furtivement je levai encore les yeux vers la lucarne. Elle était béante à présent et on apercevait la tête de Buck.

La cage du monte-plats, pensai-je. Elle devait aller du sous-sol au grenier, et il avait démoli le mur de sa chambre pour s'y introduire.

Il émergeait maintenant de la lucarne, comme de la

margelle d'un puits. Malgré la distance, on pouvait lire de la lassitude et de la terreur sur son visage. Personne n'avait encore poussé de cri d'alarme. Je n'osais pas le regarder carrément mais, tête de côté, je le surveillais du coin de l'œil. Enfin il finit par se hisser tout entier hors de l'ouverture et se tint debout sur le toit ; son grand corps oscillait de droite et de gauche.

— Le voilà ! hurla quelqu'un.

— Mon Dieu ! murmura Manny dans son haut-parleur.

Le son étouffé d'un coup de feu me parvint de la toiture. Un frisson secoua la grande silhouette et elle s'abattit dans le vide.

Un hurlement accompagna sa chute, et je crus que c'était lui qui le poussait ; ça prit fin brusquement lorsqu'il s'écrasa au sol. Du sang gicla en l'air. Une exclamation d'horreur monta de la foule, suivie aussitôt d'un cri aigu.

Je tournai la tête. A quelques mètres de moi, deux livres couverts de papier brun serrés sur sa poitrine, Sunny se tenait très droite, la bouche grande ouverte, les yeux obstinément fermés.

19

J'appelai Vernon au téléphone et lui fis mon rapport. Il me demanda de le rappeler une heure plus tard. Quand je l'eus de nouveau à l'appareil, il m'annonça que John me parlerait à onze heures et demie, à la cabine habituelle de la gare centrale.

Avant de raccrocher, il ajouta :

— Tu viens prendre un pot chez moi, ce soir ?

— Avec plaisir. Quelle heure ?

— Huit heures.

— Entendu.

Je lus mon journal dans Bryant Park, avalai une tasse de café, et me rendis à la gare de *Grand Central*. La cabine utilisée par nous faisait partie de la rangée qui se trouvait du côté de Lexington Avenue. A onze heures et demie elle était libre et je n'eus pas longtemps à attendre la sonnerie.

— John ?

— Qui est à l'appareil ? demanda la voix suave.

— Steven Pierglass.

— Parfait. Qu'est-ce que Vernon me raconte ?

Je débitai toute l'histoire une seconde fois, interrompu à diverses reprises par des questions auxquelles je répondis de mon mieux.

— Pas très bon, commenta John lorsque j'eus terminé. Mauvais, même. Ils t'ont interrogé ?

— Non. Mais tous les autres y sont passés. J'ai entendu la logeuse dire au policier que j'étais un nouveau locataire. Ce qui les intéresse le plus, c'est le pistolet. Je viens de lire un article sur l'affaire.On parle d'un Luger.

— Ah... un pistolet allemand! Le maître chanteur a dit qu'il possédait une arme allemande, tu t'en souviens, Steven? Serait-il possible que ce Buchanan soit notre gibier?

— J'ai de la peine à le croire. D'abord c'est un gars tout simple. Je dirais même simplet. Ensuite pourquoi irait-il dévaliser un magasin de spiritueux quand il a les poches bourrées? Ça n'aurait pas de sens.

— D'accord, admit John, mais la vie est pleine d'imprévu. Et tu crois qu'il y aurait eu deux pistolets allemands dans cette maison? Moi pas. Si Buchanan n'est pas notre homme, il tenait le Luger de celui que nous cherchons.

— Un soir qu'il était schlass, il a parlé d'une «pétoire» et il a ajouté: «A qui elle appartient, ça je l'ignore, mais je sais où la trouver».

La ligne demeura un instant silencieuse, puis j'entendis dans le lointain le klaxon d'une automobile, et John reprit:

— Oui, selon toute apparence, il a trouvé l'arme. Le vrai propriétaire l'avait cachée, et Buchanan a mis la main dessus par hasard. Je n'aime pas ça... pas ça du tout. Ça rend l'affaire encore plus obscure. Parle-moi de ce Washington. C'est un nationaliste noir, si j'ai bien compris?

Je repris tout du début, répétant aussi exactement que possible les paroles prononcées par George au cours de nos différentes conversations. Son emploi de l'exclamation «Malheur!» éveilla l'intérêt de John. Manny m'avait raconté aussi que l'enfance de Washington s'était déroulée dans le Sud, et je lui transmis ce renseignement.

— Dans quel Etat? Trouve-moi le nom de l'Etat.

Lorsque j'en eus terminé avec Washington, je dus décrire une seconde fois les autres locataires.

— Non, décréta John quand je m'arrêtai, ça ne peut être que ce Washington. Quel ennui de n'avoir récolté rien de tangible. Ça fait deux semaines que tu es là-bas, Steven. Tu ne peux pas me dénicher une bonne petite preuve ? Je crains que notre maître chanteur ne manifeste bientôt de nouvelles exigences – le dernier paiement a eu lieu il y a trois mois – et j'aurais aimé avoir tout réglé avant. Je me doute de l'identité de notre employeur et, si je ne me trompe pas, c'est un très, très gros bonnet. Avoir un tel personnage dans ma manche, ça serait un avantage incalculable. Tu ne peux pas aller plus vite ?

— Je fais de mon mieux, répliquai-je un peu trop sèchement.

— Inutile de te fâcher, dit John d'un ton fielleux. Je t'ai parlé poliment, Steven. Pourquoi ne pas me répondre de même ?

— Je n'ai pas voulu…

— N'essaie pas de m'en faire accroire. Une intonation est plus révélatrice qu'une parole, et tu sais combien j'exècre ces manifestations de mauvaise humeur. J'exige d'être traité avec courtoisie. J'attends tes excuses, Steven.

Des scènes puériles de ce genre avaient lieu de temps à autre au cours de nos conversations téléphoniques. John était d'une susceptibilité maladive, et je devais tenir compte de la menace que cachait le ton doucereux de sa voix.

— Je vous prie de m'excuser, John.

— Dis : « Je vous demande humblement pardon. »

— Je vous demande humblement pardon, John, répétai-je comme un écolier en faute.

— Parfait, déclara-t-il, soudain épanoui. Comment vas-tu t'y prendre pour obtenir rapidement un résultat ?

— J'avais songé à m'introduire dans la chambre de

Washington pour examiner ses affaires, mais Vernon trouve l'opération trop risquée.

— Il a raison... du moins à ce stade. Il se peut toutefois que tu aies à le faire plus tard. N'y a-t-il pas moyen de lui tirer un peu les vers du nez?

— Ce n'est pas facile de bavarder avec lui à cause de ses heures de travail. Il part dans la matinée et ne rentre jamais avant neuf heures du soir.

— Agis pour le mieux, Steven. Je t'accorde une confiance complète. De toute façon, l'un des candidats est éliminé. Tu es certain que ce ne pouvait pas être ce Buchanan?

— Certain.

— Bon. En tout cas, si c'était lui, le chantage va cesser; le hic, c'est que l'honneur ne nous en reviendra pas. Continue à ouvrir l'œil, le hasard finira bien par nous favoriser. Mais tiens-toi à carreau avec la police. Cette fusillade a été bien fâcheuse, je n'aime pas travailler sous les projecteurs. Au revoir, Steven.

— Au revoir, John.

Ayant raccroché, je m'essuyai le visage avec mon mouchoir. J'avais noté quelques mots au passage, mais je me souvins que je ne disposais plus de ma machine à écrire. D'ailleurs il n'y avait rien à taper, il fallait seulement découvrir au plus vite de quel Etat George était originaire.

20

En passant devant la porte de Yonkers, je vis qu'elle était entrouverte. J'en profitai pour jeter un coup d'œil discret dans sa chambre. Elle était propre et bien tenue. Contre le mur du fond se trouvait une grande bibliothèque bourrée de livres. Yonkers lui-même n'était pas visible, mais le miroir de la table de toilette reflétait son image. Penché sur son bureau, il écrivait rapidement dans un cahier.

Je poursuivis mon chemin et, au moment où j'allais entrer chez moi, Shadmeister sortit en trottinant de la partie obscure du couloir.

— Monsieur Pierglass ! cria-t-il. Savez-vous quelque chose de nouveau ?

Je secouai la tête.

— N'est-ce pas affreux ? dit-il. (Ses yeux étaient rouges, comme s'il venait de pleurer.) Quelle catastrophe ! Des gens de la Société pour la protection de l'enfance sont venus ce matin. Ils voulaient emmener Sunny, mais Miss Johnson a prétendu qu'elle était la cousine de la fillette et ne les a pas laissé faire. Cette pauvre petite ! Elle est encore sous l'effet du choc, et l'emmener maintenant, ce serait de la cruauté. Miss Johnson s'est débattue comme un beau diable et a envoyé paître les visiteurs. Mais ce sont des gens obstinés, et j'ai bien peur qu'ils reviennent à la charge.

J'entrai dans ma chambre. Shadmeister m'y suivit. Je lui désignai le fauteuil et allai fermer la porte.

— Mais pourquoi Buck ne s'est-il pas rendu ? continua-t-il de sa voix fêlée. Je ne comprends rien à son attitude, monsieur Pierglass. Et se hisser dans la cage du monte-plats comme il l'a fait ! Je me demande comment il s'y est pris. Un homme de sa corpulence ! Vous n'imaginez pas à quel point ce conduit est étroit. Il fallait que Buck soit terrorisé... absolument terrorisé !

Le vieil inventeur croisa ses jambes l'une sur l'autre, puis au bout d'un moment les décroisa. Ses chaussettes marron et ses espadrilles blanches étaient d'une saleté incroyable. Tout en tirant sur son bleu de chauffe pour le faire redescendre, il remarqua :

— C'est curieux comme votre plancher est en pente.

La bouteille de bourbon était restée sur la table, le verre à côté, et ses yeux ne le quittaient pas.

— Si vous avez soif, Axel, servez-vous, dis-je.

— Ma foi, ce n'est pas de refus. D'ordinaire, je ne bois pas d'alcool, pour la bonne raison que je ne peux pas m'en offrir. J'ai de petits revenus, mais le matériel requis pour mes inventions et la défense de mes brevets absorbent tout. Si on ne protège pas ses découvertes, les grandes sociétés vous les volent. Vous n'imaginez pas combien l'espionnage industriel est florissant de nos jours !

Il saisit son verre, murmura « A la bonne vôtre ! » et, d'un geste rapide, en envoya le contenu dans son gosier.

— Fameux ! dit-il en s'essuyant la moustache avec le dos de sa main. Vous n'en prenez pas ?

— Non, répondis-je. C'est un peu tôt pour moi.

Il porta encore le verre à ses lèvres pour drainer la dernière goutte de liquide, puis en lécha consciencieusement le bord.

— Vous avez l'air d'un homme instruit, remarquai-je en

observant sa manœuvre avec intérêt. Etes-vous passé par l'Université ?

— Par l'Université ? répéta-t-il en éclatant de rire. Mon cher ami, j'ai enseigné l'anthropologie à Princeton pendant seize années. J'étais professeur en titre et, si vous me permettez de le dire, l'une des lumières de cette branche. Mes ouvrages sur les peuplades de l'Ouest africain sont restés des années au programme. J'ai vécu longtemps parmi les Achantis et les Fantis, et je parle couramment le langage Akan. Le roi Kalcalli a même fait de moi son fils adoptif au cours d'une splendide cérémonie. J'ai aussi passé quelque temps chez les Yorubas.

Que le vieil homme eût été professeur ne me surprit guère. Sans doute parce que sa chevelure indocile lui donnait une apparence professorale, que confirmait son air perpétuellement distrait.

— Quelle raison vous a fait quitter Princeton pour vous établir ici ? demandai-je.

— C'est une curieuse histoire. J'ai décidé un jour que l'anthropologie avait moins de valeur que les sciences pratiques, ayant compris que l'humanité n'avait pas besoin d'une analyse sentimentale du passé, mais plutôt d'un dynamique élan vers l'avenir. La technologie, monsieur Pierglass, voilà une science qui répond à des besoins réels et immédiats. Ce fut pour moi une révélation et elle se produisit de la façon la plus originale du monde… (le vieil homme pouffa et fut plusieurs minutes avant de pouvoir achever :) … en recevant sur la tête un coup de patte lancé par un casoar !

— Par un quoi ?

— Un casoar. Je pense parfois que cet animal était une réincarnation de mon défunt père.

— Quel mot avez-vous dit ? demandai-je en m'efforçant de ne pas perdre le fil.

— Un casoar. Pour votre gouverne, c'est un oiseau.

— Un oiseau ?

— Certainement.

— Et cet oiseau vous a donné un coup de patte ?

— Oui. En plein sur le crâne.

— Mais… un oiseau ? Comment a-t-il pu…

Le visage de Shadmeister s'illumina.

— Ah… ah ! s'exclama-t-il. Vous pensez à un petit oiseau ? Un rouge-gorge, une mésange ou un canari comme ceux de Mme Igoe ? Pas du tout, mon cher, les casoars sont de grosses brutes dépourvues d'ailes, comme les autruches ou les émeus. Celui qui m'a attaqué était aussi haut que moi, et je me suis laissé dire que certains atteignent presque deux mètres.

— Et ça vous est arrivé en Afrique ?

— En Nouvelle-Guinée. Le pays des Papous. Je suis allé là-bas peu après la mort de ma femme, pour me changer les idées. L'Afrique aurait remué trop de vieux souvenirs. MacNair – un professeur de l'Université de Pennsylvanie – a vu le casoar avant moi. C'était une imposante créature… l'oiseau, pas MacNair. Je n'en avais encore jamais aperçu, alors, naturellement, j'étais plein de curiosité. MacNair me conseillait de me tenir sur mes gardes. « Ce sont des bêtes dangereuses, Axel » , me répétait-il, « à ta place, je ne m'approcherais pas trop. » Mais l'oiseau était une vraie splendeur, avec sa tête bleue et son cou orange et rose. Je voyais bien sa musculature puissante, mais il semblait si gauche que je m'imaginais n'avoir rien à craindre. Je l'observais donc avec une grande attention. Lui me rendait la pareille. Et puis, soudain, il a émis une sorte de plainte lugubre, sa patte est arrivée sur moi sans que j'aie eu le temps de la voir venir… et mille couleurs brillantes ont explosé sous mon crâne !

« MacNair – bien qu'il tremblât comme une feuille ainsi qu'il me l'a confessé par la suite – a réussit à mettre le casoar en fuite. Heureusement le directeur administratif du district se trouvait en tournée dans un village voisin, et on m'a transporté rapidement à Port Moresby dans sa chaloupe à moteur. Je souffrais d'une fracture du crâne, et un fragment d'os me comprimait le cerveau. Un chirurgien de Darwin est venu par avion et il a pu m'opérer sur-le-champ. Après trois mois de lit, je m'en suis tiré avec toutes mes facultés intactes, et le corps médical a éprouvé la plus grande surprise de son histoire.

Un sourire serein sur les lèvres, Shadmeister acheva de lécher le bord de son verre. Il avait l'air d'un grand enfant.

— Cette épreuve doit avoir été bien pénible, dis-je.

— Bien pénible en effet, mais le meilleur est sorti du pire, car cela a déterminé ma conversion.

— Votre conversion?

— Oui. Quand j'ai repris conscience, mon esprit était clair comme du cristal, ce qui n'avait jamais été le cas. Mes facultés de perception s'étaient développées d'une façon inimaginable et je voyais toutes choses avec une fraîcheur nouvelle. Les brumes s'étaient dissipées... une lumière radieuse inondait l'univers. J'avais l'impression que mon sens de la vue s'exerçait pour la première fois et j'étais positivement ébloui. De nouvelles formes surgissaient autour de moi... de nouveaux détails... des couleurs dont jusqu'ici je n'avais pas idée. Jusqu'à la voix des gens qui arrivait à mes oreilles avec une beauté nouvelle. Ton, cadence, harmonie, je ne puis vous décrire leur... leur *opulence*. Tous mes sens étaient plus aigus. C'était une sorte de délire. Je voulais m'envoler de mon lit, danser, chanter, mais les infirmières m'en ont empêché.

« Et ce n'est pas tout, monsieur Pierglass. La véritable merveille, c'est que mon esprit s'était ouvert, avait pris une largeur et une profondeur nouvelles. Bien loin de réduire mes facultés, comme les médecins le craignaient, le coup reçu les avait stimulées. Je raisonnais maintenant avec une rapidité prodigieuse et tout se présentait à moi avec une clarté aveuglante. Plus d'énigmes… rien que des solutions. Le brutal coup de patte du casoar m'avait apporté l'explication de tous les mystères de l'univers.

Shadmeister se tut, gratta une tache sur sa chemise décolorée avec un ongle sale, et d'une voix insinuante, remarqua :

— Ce whisky est fameux. Me permettez-vous d'en reprendre une goutte ?

Sa question me tira de la torpeur où m'avait plongé son interminable monologue. Je fis signe que oui et, pendant qu'il versait du bourbon dans son verre, je demandai :

— Cet état de clairvoyance dure-t-il encore ?

Il poussa un gros soupir, et d'un air malheureux, me confia :

— Non, pas de façon si étendue. Mon cerveau fonctionne mieux qu'avant le coup de patte, mais au bout de quelques jours la totale compréhension du début s'est rétrécie.

— Et alors vous êtes devenu inventeur.

— Exactement. Cette illumination momentanée m'a montré la voie. L'humanité a besoin qu'on l'aide sur le plan matériel. C'est la tâche de la technologie.

Il acheva son verre.

21

Vers la fin de la semaine, Portobello m'invita à prendre une bière dans sa chambre. Des programmes de courses hippiques parsemaient son lit et la fumée de cigarettes épaississait l'air. Sur la table, le journal du soir était posé contre une bouteille de vin.

— Ce canard prétend qu'on va redonner des « burlesques », me dit-il. Je croirai ça quand je le verrai ! Où dénicheraient-ils les artistes ? On ne trouve plus de véritables professionnels de nos jours. Je viens de recevoir un coup de fil de ce margoulin de Marty Malcom – le type qui voulait acheter mes chansons. Eh bien, il se défile, mon vieux. Et il a engagé deux crétins d'étudiants !

Il pivota sur le tabouret de son piano, et les touches que son coude accrocha au passage résonnèrent plaintivement.

— Lamentable, commentai-je, fasciné par sa chemise crevette à fermeture Eclair.

Washington arriva peu après. La soirée était chaude, et des gouttes de sueur perlaient à son front. Il avait l'air las. Manny le pressa de s'asseoir ; je joignis mes instances aux siennes dans l'espoir d'en apprendre un peu plus sur le chauffeur noir.

Il se laissa choir sur le lit et accepta une canette de bière.

— Ce fumier d'inspecteur m'a filé le train toute la

journée, annonça-t-il avec dégoût. Le pauvre con, il se croit invisible ! Quand les flics sont venus me casser les pieds ce matin, j'avais bien deviné que ce serait un mauvais jour pour moi.

— Le sergent a tenu la jambe à Mme Igoe pendant une demi-heure, dit Portobello. Elle était dans tous ses états. Elle a cru qu'on allait lui retirer sa licence.

Washington secoua sa grosse tête.

— Mauvais… mauvais, soupira-t-il. J'ai eu tort de pousser Buck à résister à son patron. S'il était resté tranquille, il serait encore de ce monde. Pourtant, il faut bien se défendre, sans ça c'est comme si on était déjà mort. Mais peut-être que le pauvre Buck n'était pas de taille… il avait habité le Sud trop longtemps. (Il s'essuya le front avec son mouchoir et conclut :) En tout cas, ce foutu flic n'avait pas le droit de l'abattre !

— N'oubliez pas que Buck tenait un pistolet, dis-je. Le flic a probablement eu peur pour sa propre peau.

— C'est probable, approuva Manny.

— S'il a si facilement les foies, il n'a rien à faire dans la police, répliqua Washington. Pourquoi n'a-t-il pas dit à Buck de jeter son arme ? Mais non, il s'est embusqué derrière la murette, là-haut, et il a attendu que Buck sorte de sa lucarne. Quand il l'a eu au bout de son revolver… pan ! il a lâché son coup. Si Buck avait été blanc, il n'aurait pas osé tirer.

Il passa sa langue sur ses lèvres épaisses. La sueur inondait de nouveau son visage couleur vieil acajou et une lueur de colère brillait dans ses yeux.

Nous avalâmes tous les trois une lampée de bière. Manny avait l'air mal à l'aise et l'atmosphère commençait à se tendre, mais ce que j'avais appris jusqu'à présent de Washington se montait à si peu de chose que j'étais bien déterminé à le faire sortir de sa réserve.

— Vous pensez vraiment ce que vous venez de dire ? demandai-je.

— Parfaitement, lança-t-il, les narines dilatées.

— Je ne suis pas de votre avis. Personnellement, je ne vois pas ce que la couleur de la peau vient faire là-dedans.

— Alors vous êtes aveugle, vous êtes daltonien. (Il eut un rire amer.) Quand ce flic a regardé ce qui se trouvait au bout de son revolver, il n'a pas vu un homme, il a vu un négro. Pour lui c'était deux choses différentes. C'est mal de tirer sur un homme, mais sur un négro, ça n'a aucune importance.

Je haussai les épaules et m'apprêtai à répondre. Sans m'en laisser le temps, il poursuivit :

— Nous sommes dans un pays de Blancs, ici. Les Noirs ont aidé à le créer, mais ils n'en possèdent pas la plus petite parcelle. Vous ne me croyez pas ? Prenez une bonne histoire des Etats-Unis... vous y trouverez tout ce que je dis. Il y avait déjà des Noirs sur cette terre quand les émigrants anglais ont débarqué du Mayflower. Saviez-vous ça ? Parfaitement. En 1619, dans la Virginie. Et je vais vous apprendre autre chose : il y avait un Noir avec Christophe Colomb, et des Noirs accompagnaient tous les autres explorateurs. C'est un Noir qui a fondé la ville de Chicago. Vous ne saviez pas ça non plus ? C'est pourtant vrai. Tout le monde connaît Crispus Attaucks, le Noir qui a été tué au cours des massacres de Boston. Oui, nul ne l'ignore plus à présent. Et dans toutes les batailles de la guerre d'Indépendance des nègres se battaient aux côtés des Blancs.

Sa voix montait. Il se reprit soudain et, malgré la flamme qui brûlait toujours dans son regard, il continua d'un ton presque normal :

— L'un des produits qui ont fait la richesse des Etats-Unis, c'est le coton. Cultivé dans le Sud, transformé en vêtements dans le Nord, il a été l'un des principaux éléments de la prospérité nationale... mais sans la main-d'œuvre noire, aurait-elle existé ? Pour faire ce travail, on nous a amenés ici, enchaînés dans des cales de bateaux où on nous entassait de façon si inhumaine que parfois la moitié des pauvres diables mouraient en cours de route. Ensuite, les rescapés s'échinaient sous le soleil, dans les champs, quinze ou seize heures par jour. On y collait même des enfants de sept ans !

« Oh, les Blancs aiment à répéter : « Bien sûr, il y avait de mauvais maîtres, mais de bons aussi. » Ces paroles-là, c'est du boniment, du bruit. Il n'y avait pas de bons maîtres. Comment aurait-il pu en exister ? Un homme qui en tient un autre en esclavage, c'est de la bonté ? Et quand on estime que certains hommes sont des animaux, on les traite comme tels. On leur donne la même nourriture qu'aux cochons : un peu de maïs, des choux et des rogatons, et on les fait trimer sous le soleil à grands coups de fouet quand ils ne vont pas assez vite. Et on les traite comme du bétail, on sépare le mari de la femme, on arrache les enfants à leur mère pour les vendre. Oui, voilà quel était notre sort.

« Mais nous ne sommes pas des bêtes de somme, Steven. Nous sommes des êtres humains. N'importe quel médecin vous dira qu'étudiés au microscope, le cœur, le foie, les boyaux d'un Blanc et d'un Noir ne présentent pas un atome de différence. Ça n'empêchait pas les gens de penser que nous étions du vulgaire bétail et aujourd'hui encore ils n'ont pas changé d'avis. Et ce sont ces crétins-là qui parlent de notre manque d'intelligence !

Portobello s'agita sur le tabouret du piano.

— T'emballe pas, George, murmura-t-il.

— Quoi ? Oh, je ne me mets pas en colère, Manny. Je veux simplement que Steven, ici présent, en sache un peu plus long sur les Noirs d'Amérique. Si personne ne lui explique rien, comment s'instruira-t-il ? Savez-vous, Steven, que les premières civilisations ont été celles des gens de couleur ? Les Egyptiens avaient la peau brune, et à cette époque-là, ils étaient le premier peuple du monde. Autre chose : leur pays a été conquis par les Noirs venus d'Ethiopie huit cents ans avant la naissance du Christ. Les grands royaumes noirs ne manquaient pas alors en Afrique. De vastes empires entouraient le Ghana bien avant que l'Amérique n'ait été découverte. Interrogez plutôt le vieil Axel. Il a été professeur et il a étudié toutes ces civilisations ; il connaît leurs noms et en sait long sur elles. Mais dans ce pays, on nous croit des animaux.

— Nous avons aboli l'esclavage, dis-je. Les choses ne sont plus ce qu'elles ont été, George. Je ne prétends pas qu'elles soient parfaites, mais elles s'améliorent de jour en jour.

— Merde. On est libre seulement lorsqu'on peut vivre où on le désire et obtenir le même genre de boulot et la même éducation que les autres.

Il se leva brusquement et se mit à arpenter la pièce ; une intense émotion raidissait son corps puissant. Il allait du piano à la fenêtre et de la fenêtre au piano, près duquel il s'attarda un instant à regarder un feuillet de musique, avant de retourner à la fenêtre.

— Vous êtes originaire du Sud ? dis-je.

— Oui. De l'Alabama.

J'allais lui demander dans quelle ville il était né quand le compositeur prit la parole à son tour.

— Raconte-lui la fois où tu te promenais avec ta sœur, dit-il avec un large sourire.

— Raconte-lui ça toi-même, grommela George en retournant à sa canette de bière.

Portobello haussa les épaules, ce qui eut pour effet de plisser la chemise crevette.

— Sa sœur avait la peau assez claire. Alors quatre types ont empoigné notre George et lui ont flanqué une dérouillée... pour lui apprendre à se promener avec un membre de sa propre famille ! Et George était encore un gosse à ce moment-là... quinze ans tout au plus.

— Ils sont cinglés là-bas, dis-je en secouant la tête.

Washington reposa sa canette.

— Ce sont des crétins, lança-t-il, mais ceux du Nord ne valent pas mieux. Vous devriez regarder un peu autour de vous, Steve. Ce n'est pas par hasard si les Noirs sont tous gardiens d'immeubles ou garçons de restaurants. Et chacun se demande pour quelles raisons les gens de couleur deviennent des criminels, des drogués ou des soûlards. Si vous traitez les gens comme s'ils n'appartenaient pas à la race humaine, ils deviendront bizarres... dingues... ou se livreront à des actes de violence, comme ce pauvre Buck. C'est forcé !

— Ça ne va pas très vite, remarqua Manny, mais la situation s'améliore tout de même. On vient de m'offrir un poste dans une agence immobilière, c'est une chose qui aurait été impensable il y a quelques années. Et l'autre jour j'ai vu une poulette de couleur derrière le guichet d'une banque.

— Il faut qu'on nous donne un morceau de ce pays, déclara George. (Sa voix grave s'était soudain durcie.) On nous le doit. Nous avons aidé à le faire, ce pays, et maintenant on ne veut plus de nous. Qu'on nous donne donc des terres où nous vivrons paisiblement entre nous.

— Ah ça, ça serait magnifique, dit Portobello en hochant la tête. Mais le gouvernement ne s'y résoudra jamais, George. Tu vois les Blancs faire leurs bagages et nous laisser la place ? Six Etats tout entiers ?

— Six Etats ? dis-je en haussant les sourcils. Qui donc réclame six Etats ?

— Nous autres de la Nouvelle Nation Noire, répliqua le chauffeur de taxi. J'appartiens à ce groupement, et c'est ce que nous réclamons. Faire leurs bagages et s'en aller ? Pourquoi pas ? N'avons-nous pas fait les nôtres et quitté l'Afrique autrefois ? Les Etats-Unis sont riches. Qu'ils achètent les terres des crève-la-faim blancs. Si on leur offre assez de fric, ils s'en ficheront d'abandonner leurs propriétés familiales.

— Et la politique d'intégration raciale, George ? dis-je. Ça ne serait pas mieux si tout le monde vivait paisiblement ensemble ?

— C'était une belle idée, Steve, et beaucoup de braves gens – des Noirs et des Blancs – ont travaillé dur pour la faire aboutir. Mais ils n'y ont pas réussi. Pas même un tout petit peu. Les Noirs et les Blancs, faut bien l'admettre, sont aussi différents que… le blanc et le noir. Non, voyez-vous, Steven, les deux races doivent vivre chacune de son côté. Il faut que nous ayons notre pays à nous, et nous ferons le nécessaire pour ça – même si ça ne se fait pas sans grabuge.

Washington se tut, secoua sa grosse tête, et sourit. Puis il reposa la canette de bière sur la table et s'essuya le visage avec son mouchoir, en reprenant d'une voix dont la dureté avait disparu :

— A présent je vais me coucher… je vous ai suffisamment cassé les oreilles.

— Reste encore un moment, dit Manny. Il n'est pas tard.

— Non, je suis fatigué. Il a fait chaud aujourd'hui, et puis ce discours… je suis vanné. J'espère que vous n'avez rien vu de personnel dans ce que j'ai dit, Steve. Vous ne boiriez pas avec Manny et moi si vous aviez mauvaise opinion des Noirs, je le sais bien. Mais il y a des jours où je suis remonté.

Ayant dit, il quitta la pièce et je l'imitai peu après.

Le lendemain matin j'appelai Vernon au téléphone et lui rapportai notre conversation.

22

Le samedi après-midi, j'allai acheter une autre bouteille de bourbon. A ma sortie du magasin, je tombai sur Thelma. Elle tenait un sac à provisions d'une main, un porte-billets de l'autre, et paraissait fort pressée. Sa chevelure était un peu en désordre et son visage empourpré, elle suait à grosses gouttes et je fus surpris de lui voir un imperméable.

— Il fait un peu chaud pour porter un mackintosh, dis-je.

— J'ai cru qu'il allait pleuvoir, répondit-elle.

Ses longs yeux obliques évitèrent mon regard et je remarquai son attitude un tantinet furtive.

— Pleuvoir ! Je n'ai pas aperçu un nuage depuis deux jours. Comment va Sunny ?

— Pas trop mal. Il est temps qu'elle retourne à l'école. Je l'y enverrai lundi, peut-être. Elle dort beaucoup ; c'est un moyen comme un autre d'oublier.

Thelma se servit de la main qui tenait le porte-billets pour resserrer la ceinture de son imperméable, et ce geste mit en évidence un curieux renflement à hauteur de sa taille. Ce phénomène me rappela le jour où elle portait deux robes l'une sur l'autre et un brusque soupçon me vint.

— Tu chapardes dans les magasins ! m'écriai-je.

Elle me foudroya du regard et je crus d'abord qu'elle allait nier, mais elle se contenta de murmurer sans presque ouvrir la bouche :

— Pas si haut, voyons.

— Eh ben ça, alors ! fis-je malgré moi.

— Oh, pas de morale, trancha-t-elle en me frappant le genou avec son sac à provisions.

— Comment peux-tu faire ce genre de trafic, Thelma ?

— Oh, c'est seulement un passe-temps. Et puis ça me permet de renouveler ma garde-robe.

— Mais c'est malhonnête.

Sous leurs paupières obliques, ses yeux me toisèrent dédaigneusement.

— Ecrase-toi dans ton tonneau, Diogène, railla-t-elle. D'ailleurs, personne ne souffre de mes vols ; ces grands magasins ne connaissent même pas leurs richesses.

— Mais que fais-tu de toute cette camelote ? Vaut-elle le mal que tu te donnes ? Sans compter le risque !

Je jetai un coup d'œil au sac si bien gonflé. Son ouverture laissait apercevoir le bout d'une chaussure blanche.

— L'oncle, dit-elle énigmatiquement.

— Quel oncle ?

— L'oncle Andy. C'est un vieux monsieur très aimable qui me débarrasse du butin superflu. Mais pourquoi cette demande ? Voudrais-tu entrer dans la profession, Steve ?

— Non, merci. Ma conscience ne le souffrirait pas.

— On dit ça ! L'une des phrases favorites de mon père était : « Pas plus de conscience que de fesses à un serpent ». Je crois qu'il te l'aurait souvent répétée.

— A moi ? pourquoi donc ?

— Oh, Steven ! Mais ça ne fait rien, je t'expliquerai plus tard. Personnellement, la conscience est une chose dont je sais me passer. Il faut être riche pour s'offrir le luxe d'en posséder une… Et à ce moment-là, il est trop tard pour que ça ait de l'importance.

Nous étions arrivés au perron et elle monta les marches en dansant.

Devant la porte de ma chambre, elle entrouvrit son imperméable. Une jolie robe blanc et bleu était soigneusement enroulée autour de sa taille.

Avec un clin d'œil complice, elle me lança :

— Je la porterai à notre prochaine réunion intime. Mais faut d'abord que je la raccourcisse ; au rayon, on n'a pas eu le temps de faire les retouches !

Elle éclata de rire et se sauva en balançant gaiement son sac.

23

Les jours se succédaient sans découverte intéressante, et mes nerfs commençaient à flancher. Une atmosphère inquiétante enveloppait cette vieille baraque lugubre et les curieux personnages qu'elle abritait. Le crépuscule venu, une sorte de raclement paraissait sortir des murs, ou bien c'étaient des pas furtifs qui se faisaient entendre dans le couloir. Ces bruits divers venaient parfois se mêler à mes rêves. Une nuit, je me réveillai persuadé qu'on marchait dans ma chambre. Me protégeant la gorge avec ma main, je sautai du lit et allumai l'électricité, mais je ne vis personne.

Portobello devenait de moins en moins bavard, et lorsqu'il ouvrait la bouche c'était pour parler d'amis morts ou moribonds. Son piano demeurait silencieux de longues heures. Mme Watkins ne jouait plus ses disques d'opéra, et Thelma elle-même avait perdu son entrain. Shadmeister promenait une mine sombre, mais on pouvait toujours le dérider en l'interrogeant sur ses travaux. J'appris que la dynamite qu'il avait en sa possession devait alimenter une machine à combustion interne grande comme la gare centrale de New York… ladite machine étant encore à l'état de projet sur sa planche à dessin. Il me posa diverses questions à son tour. Pensais-je, par exemple, que Mme Igoe désapprouverait la construction d'un moulin à vent sur sa cheminée, et pouvais-je lui indiquer un endroit où on enseignait à souffler le verre ? Un jour, je fus régalé d'une causerie sur les mutilations volontaires en Afrique et sur les coutumes concernant le tatouage, et j'appris pourquoi les hommes de certaines tribus se teignaient le corps en bleu.

Chase buvait un peu moins et racontait à qui voulait l'entendre que Buck était devenu fou pour avoir abusé du « sneaky Pete », expression désignant le vin de Xérès, m'expliqua Manny. Seul Calvin Davy restait le même. Un après-midi, il essaya de me vendre sept boîtes de balles de golf et un appareil de projection. Mme Igoe n'avait qu'une idée en tête, comme je le découvris en prenant le thé avec elle : allait-on lui retirer sa licence de logeuse ? Des journées entières se passaient sans que je rencontre Yonkers et, après ma conversation avec Washington dans la chambre de Portobello, je n'avais pas revu le chauffeur de taxi. Je pensais de plus en plus que ce dernier était notre homme et, comme j'éprouvais de la sympathie pour lui, ça m'ennuyait passablement.

De temps à autre je bavardais avec Sunny pour tenter de la faire sourire, mais l'attente me mettait les nerfs à vif. Je fumais plus et je buvais trop.

24

Un dimanche matin, Mme Igoe vint me prévenir qu'on me demandait au téléphone. Vernon Wilcy était au bout du fil et m'indiqua dans quelle cabine je devais aller prendre une communication de John.

A trois heures de l'après-midi, je me trouvais donc dans un drugstore de la Trente-quatrième Rue et, dès que la sonnerie se fit entendre, je murmurai mon nom dans le combiné.

— Il y a du nouveau, commença John. Comme je le craignais, le maître chanteur a présenté une autre demande, et de taille. Il exige un million de dollars, Steven, et je n'ai pas besoin de te dire que notre client apprécierait une action immédiate de notre part. As-tu appris quelque chose, ces temps-ci ?

— Non, John. Le fait que George soit membre de la Nouvelle Nation Noire est ma seule découverte de la semaine.

— Je comptais sur quelque chose de plus concluant. Mais, après tout, c'est assez positif. Aucun des autres locataires n'en fait partie ?

— Pas que je sache.

— Alors, ce doit être lui. C'est stupide de chercher la petite bête dans ces sortes d'enquêtes. La solution évidente est invariablement la bonne. C'est ce George qu'il faut éliminer. Qu'en penses-tu ?

— Je ne sais pas trop. Si ce n'est pas notre homme – et nos raisons de croire que c'est lui sont assez minces – notre action mettra la puce à l'oreille du vrai coupable. De combien de temps disposons-nous encore ?

— Il doit téléphoner à notre homme politique mardi, à dix heures trente du matin, pour lui donner ses instructions au sujet du transfert de fonds. Le paiement se fera en plusieurs fois pendant les huit semaines à venir, le premier versement dans un délai très court, selon toute probabilité.

— Notre client peut-il disposer d'une pareille somme ?

John eut un petit rire bref.

— Ça n'entre pas en ligne de compte, mon cher. Il s'attend à nous voir liquider cette affaire avant le premier versement. Nous avons eu trois semaines pour accomplir une besogne dans le fond assez simple et, franchement, je crois que nous avons réussi. Peut-être surestimons-nous l'homme que nous cherchons en lui prêtant une ruse qu'il ne possède pas. En le voyant révéler si facilement son appartenance au N.N.N. , je suis bien obligé de conclure que c'est un imbécile. A moins… A moins tout simplement qu'il ne se croie en totale sécurité.

Il faisait chaud dans la cabine, et j'entrouvris la porte pour respirer une bouffée d'air frais. Une idée me vint alors.

— Il doit téléphoner mardi matin ?

— Oui. Pourquoi ?

— Quatre locataires sont plus ou moins suspects : Washington, Portobello, Yonkers et Davy. Je n'ai qu'à les surveiller à l'heure de ce coup de téléphone. Il existe seulement deux appareils dans la maison, l'un chez Shadmeister – qui est de race blanche – et l'autre dans le salon de la logeuse. Il ne me sera pas difficile de voir ce qui se passe pendant la période critique.

Il y eut un petit silence à l'autre bout du fil, puis, sa voix de velours caressant chaque mot, John reprit :

— Bien trouvé. Très bien trouvé. Mais, naturellement, il n'utilisera aucun des appareils de la maison. On a recherché l'origine de ses appels et ils proviennent toujours d'une cabine publique. Tu n'auras donc qu'à t'assurer de la présence de chacun dans la pension à dix heures trente. Si l'appel est lancé à l'heure indiquée – ce qui est à peu près certain – et si Washington est le seul à être absent, notre présomption deviendra une certitude. Ça vaut la peine d'essayer puisque l'identité de notre homme ne te semble pas catégoriquement établie.

— D'ac, dis-je. J'aurai l'œil sur eux à l'heure dite.

— Très bien, mais tu verras, nous misons sur le bon cheval. Il y avait une très mince chance pour que Buchanan soit notre homme, à cause de son Luger. Mais – à moins qu'il soit capable d'agir du fond de la tombe – il est éliminé à présent. Mardi, téléphone à Vernon vers onze heures et dis-lui ce que tu auras appris.

— Entendu.

— Au revoir, Steven.

— Au revoir, John.

25

Je pris mon petit déjeuner de bonne heure le mardi et, en regagnant ma chambre, je vis Sunny partir pour l'école. Un ruban jaune dans ses cheveux crépus, elle semblait reprendre goût à la vie malgré les demi-cercles sombres que le chagrin dessinait sous ses yeux.

A neuf heures, je me mis en faction dans la véranda. Il était possible que l'un de mes quatre suspects ait déjà quitté la maison, mais c'eût été contraire à ses habitudes.

Mme Watkins parut la première, me dit bonjour au passage et s'en alla. Peu après, Washington franchit rapidement la porte, me fit un signe amical de la main et descendit de son pas lourd les marches du perron avant de se diriger vers la Neuvième Avenue. Le camion des éboueurs arriva quelques minutes plus tard. Pendant que je regardais les palettes d'acier réduire le volume des ordures, le facteur fit son apparition. Axel se montra, le temps de prendre le courrier, et disparut aussitôt. Il était près de dix heures.

Portobello sortit à son tour, mais revint dix minutes plus tard avec un récipient de café et un sac de beignets. Il s'assit sur les marches et les dégusta en me racontant la triste mésaventure d'un de ses amis, récemment écrasé par une auto. J'écoutai son histoire d'une oreille distraite et, à dix heures vingt-cinq, il remontait chez lui.

Je surveillai la rue à gauche et à droite. George Washington n'avait pas reparu.

A dix heures et demie exactement, je vis Calvin Davy franchir la porte. D'ordinaire, il était toujours pressé, mais à ma vive satisfaction il vint s'asseoir près de moi et entama la conversation.

— Tu voyages beaucoup ? demanda-t-il.

— Pas des masses, mentis-je.

Il me regarda en plissant les yeux et reprit :

— J'ai une combine à proposer à un gars qui se déplacerait beaucoup. Une combine qui rapporterait gros à mon type, mais faudrait pas qu'il s'éternise dans un endroit. Tu vois ce que je veux dire ?

Je ne répondis pas ; je guettais le possible retour de Washington.

Calvin approcha sa tête de la mienne et baissa la voix :

— Tu m'écoutes, oui ? Tu sais ce que c'est qu'un chèque de voyage ?

— Evidemment. Pourquoi ?

— Un copain à moi en a trouvé un paquet l'autre jour. Tous de cent dollars, mais il est prêt à s'en défaire à la moitié de leur valeur. Tu me comprends, Steve ?

Thelma parut soudain à la porte, des livres sous le bras. Elle nous sourit en passant, lança un « bonjour ! » cordial et poursuivit son chemin.

Je consultai ma montre. Dix heures trente-cinq minutes.

— Les chèques sont-ils en blanc ? demandai-je.

— Oui… blancs comme neige, mon pote. T'as juste à écrire ton nom en haut, et quand tu les touches, tu colles ta signature derrière. Le caissier vérifie si les deux signatures sont pareilles, c'est tout ! On les accepte dans n'importe quel bled, et à cinquante dollars le chèque c'est comme qui dirait de l'argent qui te tombe du ciel. T'en veux quelques-uns ?

— Non, merci. Ces chèques portent un numéro de série, Calvin.

— Bien sûr, mon pote… c'est pour ça qu'il faut bouger vite. Tu crois que mon petit copain les vendrait à moitié prix s'ils n'étaient pas numérotés ?

Davy ricana ; ses taches de rousseur se détachaient sur le brun jaunâtre de sa peau.

Il me fallut dix bonnes minutes pour le convaincre que son offre ne m'intéressait pas, et il me quitta enfin. Lui et Portobello hors de cause, notre homme était forcément Washington. Bien que Yonkers ne se soit pas montré, j'avais la quasi-certitude qu'il se trouvait toujours dans sa chambre. Pour plus de sûreté, je décidai d'aller frapper à sa porte, mais comme je me levais, je le vis arriver de la rue.

— Merde, murmurai-je.

Il me jeta un regard noir en s'approchant.

Je lui rendis la pareille.

— Je viens de chez le cordonnier, annonça-t-il. J'ai été à la banque de bonne heure, et sur le chemin du retour je me suis aperçu qu'une de mes chaussures était percée.

— Pas de veine, fis-je avec un manque complet de sympathie.

— Il n'y a pas de cordonnier convenable dans ce coin. Je suis allé chez cette espèce de Levantin, un peu plus bas, mais il me demandait deux dollars. Je ne lui ai pas accordé ma clientèle. D'ailleurs, il a l'habitude de saboter son travail. Saboter son travail… évidemment, un sabotier ! (Un rire croassant convulsa son visage parcheminé.) C'est drôle, ça. Je ne sais si vous comprenez le sel de cette plaisanterie, Steven. Bah… j'ai une autre paire de chaussures dans ma cantine, au sous-sol.

Il se dirigea vers la porte d'un pas allègre et disparut dans la maison. Je demeurai un moment pensif, puis allai donner mon coup de fil à Vernon.

— A-t-on téléphoné ? demandai-je lorsqu'il fut à l'appareil.

— Oui. A dix heures trente pile. L'appel venait du hall d'un immeuble d'affaires situé à l'angle de la Vingt-quatrième Rue et de la Septième Avenue. As-tu repéré ton bonhomme ?

Je le mis au courant de ce qui s'était passé.

— C'est toujours la même histoire ! maugréa-t-il. On arrange gentiment quelque chose et un corniaud s'amène et fout tout par terre. Ça ne serait quand même pas le vieux schnock, Steve ?

— Je ne crois pas. J'aurais pourtant préféré qu'il reste dans sa piaule. Non, c'est sûrement Washington.

— Je l'espère. Cette fois, les gars ont eu vite fait de découvrir d'où venait l'appel. Ils ont même cru, un instant, qu'ils arriveraient à temps pour jeter un coup d'œil au type. Malheureusement, ils l'ont loupé d'une minute ou deux. Notre client est à New York avec du fric plein ses poches... des fois que ça foire.

— John l'a-t-il vu ?

— Tu rigoles ? Il ne montre pas le bout de son nez. Mais il faudra bien qu'on fasse sa connaissance quand on aura mis la main sur l'autre tordu. John te téléphonera à l'hôtel. Cet après-midi, quatre heures.

— Entendu.

26

John semblait satisfait.

— Je te l'avais bien dit ! jubila-t-il. J'étais sûr qu'il ne serait pas à la pension à dix heures trente. A ce moment-là, bien tranquille dans sa cabine téléphonique, il menaçait notre client des pires calamités. Il exige quatre versements d'un quart de million chacun, à deux semaines d'intervalle. Le premier chèque doit parvenir à son compte « Albert Parker » lundi matin... sinon notre client peut s'attendre à un événement fâcheux. Mais ce garçon va recevoir un choc. L'événement fâcheux pourrait bien lui arriver à lui, n'est-ce pas, Steven ? A quelle heure quitte-t-il la pension, le matin ?

— Vers midi. Son garage de taxis doit se trouver dans la Dixième Avenue. Le soir, il rentre aux environs de neuf heures.

— La matinée convient mieux. Prends contact avec Vernon à onze heures. Sa voiture sera dans la Vingt-septième Rue, près de la Huitième Avenue. Tu auras sans doute à la chercher, car il lui sera difficile de trouver une place. Onze heures, ça te semble assez tôt ?

— Oui, John. Washington sort toujours plus tard.

À l'autre bout de la ligne j'entendis un chien aboyer. Il donnait l'impression de gambader au milieu d'une vaste prairie.

— Parfait. Maintenant, Steven, écoute-moi bien. Je veux

que tu restes encore une semaine dans cette pension, pour que la disparition de notre homme et ton départ ne coïncident pas.

— Une semaine entière ?

— Ce n'est pas bien long. Je comprends que tu aies hâte de t'en aller et je ne t'en blâme pas du tout, mais pourquoi courir des risques inutiles ? Et ta besogne n'est pas terminée. Il nous faut les photostats des dossiers. Ils nous révéleront l'identité de notre mystérieux client. Trouve-les. Il doit y avoir aussi une grosse somme d'argent. Peut-être deux cent mille dollars. Et comme elle est en billets de vingt dollars, ça fait un paquet trop volumineux pour qu'il ait pu le cacher convenablement.

Le chien se fit encore entendre. Il y avait une sorte de gaieté dans ces aboiements et je me demandais à quelle race la bête pouvait appartenir.

— Etes-vous certain que ces dollars sont encore en sa possession, John ? Il peut les avoir remis à la Nouvelle Nation Noire.

— C'est peu probable. L'espion qui s'est introduit dans ce groupement n'a trouvé trace d'aucune donation de ce genre. Et notre maître chanteur est trop prudent pour avoir fait un chèque qu'il aurait dû signer de son véritable nom. Cherche-le, cet argent, Steven ; je suis certain que tu le découvriras. Encore un détail : il est possible que George Washington ait un complice. Personnellement, je n'en crois rien, mais reste tout de même sur tes gardes : sa disparition peut provoquer des remous imprévus.

— Je ferai attention, dis-je après avoir retourné un instant cette possibilité dans ma tête.

— Parfait. Je crois que c'est tout. J'attends demain avec impatience. Si étrange que ça puisse paraître, jusqu'ici aucun noiraud n'est encore tombé entre mes griffes.

Il eut un petit rire satisfait, me dit au revoir et raccrocha.

Je griffonnai *onze heures du matin 27ᵉ et 8ᵉ* sur une carte et sortis de la cabine.

27

Avec mon dîner, ce soir-là, je commandai une bouteille de mousseux et la bus tout entière. J'espérais voir mon moral remonter, mais j'en fus pour mes frais.

A mon retour, j'entendis des rires et de la musique chez Mme Igoe, et me demandai ce que cette vieille toupie pouvait bien manigancer.

Je gagnai ma chambre et, assis sur le lit, je contemplai mon plancher tout de guingois en buvant du bourbon. Un sentiment de solitude m'envahit, et j'allais monter voir Thelma quand Red Chase poussa ma porte.

— Venez donc à notre soirée, Steve, dit-il en agitant un verre sous mon nez.

Ses cheveux étaient plaqués sur son crâne, mais il avait les yeux injectés de sang, et son visage respirait une imbécillité totale.

— Quelle soirée ? demandai-je.

— Celle que donne Mme Igoe. C'est l'anniversaire de Manny, et nous vidons une bouteille en son honneur. Descendez le congratuler.

— C'est bon, je vous suis.

Satisfait, il me tapota l'épaule et nous descendîmes l'escalier.

Lorsqu'il ouvrit la porte du salon, je fus surpris de voir

autant de monde. Mme Watkins, Thelma, Axel, et une femme de couleur inconnue de moi bavardaient dans un coin. Dudley Yonkers et George Washington étaient assis à l'autre bout de la pièce, un verre à la main. A travers une grande baie cintrée, j'aperçus Portobello en train de faire danser notre hôtesse. Celle-ci était sur son trente-et-un, et le compositeur arborait une chemise de soie vert pré. Accroupie devant un vieux phono, Sunny buvait de la limonade avec une paille en regardant tourner le disque.

Des bouteilles variées s'alignaient sur une table en compagnie de plateaux couverts de canapés au saumon et au foie gras. Chase m'entraîna dans cette direction et, pendant qu'il me servait un verre de bourbon, je souhaitai le bonsoir à chacun. Nous allâmes ensuite nous installer près de George et de Yonkers.

Au-dessus de nos têtes, les canaris demeuraient silencieux dans leurs cages recouvertes de housses pour la circonstance. Red se mit à raconter une aventure survenue au mari de sa sœur. L'histoire, dépourvue d'intérêt, lui paraissait visiblement très drôle.

— C'est du plus haut comique, dit Washington en clignant de l'œil à mon intention. Tu as le sens de l'humour, Red. Vous ne trouvez pas, Dudley ?

Yonkers fronça les sourcils et fit claquer ses fausses dents sans répondre.

Quelqu'un éclata de rire derrière moi. Je tournai la tête et vis Shadmeister. Je me dirigeai vers Mme Igoe, échangeai quelques paroles avec elle, puis engageai la conversation avec la femme de couleur inconnue qui me fut présentée comme une voisine du nom de Miss Cooper.

Lorsque mon verre fut vide, je gagnai la table pour le remplir. Yonkers s'y trouvait déjà:

— Quelqu'un a changé ma cantine de place dans la cave, me dit-il.

— Vraiment ?

— Oui. On l'a poussée vers les marches. J'ai failli tomber dessus en descendant. Comment expliquez-vous ça ?

— Moi ? Je n'en sais rien, Dudley. Si c'était une cantinière au lieu d'une cantine, elle aurait pu marcher toute seule, dis-je en versant l'alcool sur les glaçons que je venais de poser au fond de mon verre.

Yonkers me considéra d'un air attristé.

— Si vous deviez faire profession d'humour pour vivre, Steven, vous seriez mort dans les vingt-quatre heures, déclara-t-il.

Mme Igoe s'approcha de nous.

— Les dames réclament votre compagnie, monsieur Yonkers, lui dit-elle. Venez vite, Mme Watkins adore tellement vous entendre !

— Je les rejoins dans une minute, Claudette, répondit-il en reculant.

— Bien, mais n'oubliez pas votre promesse ! dit-elle en battant des cils d'un air coquin.

Lorsqu'elle se fut éloignée, il grommela :

— Avec ce kilo de mascara sur les paupières, elle ressemble à un raton-laveur. Décidément, les femmes sont folles.

Je me mis à rire.

— C'est vrai, continua-t-il. Leur esprit est débile de naissance et elles ne font rien pour le fortifier. Ma femme passait sa vie dans les instituts de beauté. Je suis persuadé que ces séchoirs électriques leur racornissent le cerveau. Et la grande longueur de leurs cheveux n'arrange rien. Cette tension du cuir chevelu est pernicieuse, à la longue. Regardez Shadmeister, par exemple, il est fou à lier.

Je m'assis pour siroter tranquillement mon verre, mais Thelma s'approcha aussitôt de moi et me pria de la faire danser.

Je m'exécutai, et tandis que nous tournions, elle me souffla dans l'oreille :

— Je ne te vois plus. Aurais-tu trouvé du travail ?

— Pas encore. Et toi, tu te livres toujours à ton petit trafic ?

Elle éclata de rire et répondit sans se troubler :

— Pour l'instant, je m'occupe de ma collection d'été. Il se pourrait que je change bientôt d'occupation. Calvin Davy m'a proposé quelque chose cet après-midi.

— Tiens… tiens ! Et en quoi consisterait ce nouveau travail ?

— Il ne m'a pas donné de précisions, mais ça me rapporterait cent dollars de l'heure.

— Il ne doit pas s'agir d'une opération bien honnête, remarquai-je.

— Au cas où tu serais inquiet à mon sujet, rassure-toi… je n'ai pas marché. J'aime l'argent, mais ça n'est pas amusant de le gagner de cette façon-là.

— C'est parfois dangereux aussi.

— Et tu as des connaissances particulières dans ce domaine, n'est-ce pas, Stevie ? De toute façon, mon petit doigt me dit que je vais bientôt être à la tête de monceaux d'argent. Des monceaux et des monceaux ! J'ai mis les fers au feu (elle me pressa mystérieusement la main) et sache que la petite Thelma n'est pas née de la dernière pluie !

— Eh bien, bonne chance.

Je l'entraînai vers la table. George venait de fourrer un canapé au foie gras dans sa bouche. Après deux coups de dents, il l'avala, et soudain très grave :

— J'ai connu une autre Thelma, dit-il. Il y a bien longtemps de ça.

— Une bonne amie ? demanda ma compagne en se servant à boire.

— Non, j'étais seulement un gosse à l'époque. Cette

Thelma habitait derrière chez nous avec sa vieille et un petit frère appelé Jeffy. Ils avaient un vieux chien à poil gris et à peu près rien d'autre. Ils étaient encore plus pauvres que nous.

— Et qu'est-elle devenue ? s'enquit Thelma.

— Elle est morte. Un jeune Blanc l'a étranglée.

— Oh... Pourquoi a-t-il fait une chose pareille ?

Je sentis un picotement au creux de mon estomac.

Washington haussa les épaules :

— Vous savez comment ces choses-là arrivent. Il a voulu la prendre... elle a résisté. (Les yeux du Noir s'embuèrent de larmes.) Elle avait seulement treize ans, vous comprenez.

Manny et Chase s'approchèrent de la table.

— Son agresseur en avait seize, reprit George, mais il était déjà pourri. Il a voulu se débarrasser du cadavre en le jetant à l'eau. Des fermiers l'ont pris sur le fait et arrêté. A quoi ça a-t-il servi ? Deux jours plus tard, il se carapatait de la prison grâce à la complicité des gardiens, et personne ne l'a jamais revu. J'étais jeune dans ce temps-là, mais je me souviendrai toujours de lui. Il avait un drôle de petit...

— Allons, George, l'interrompit Manny en lui tapant sur l'épaule, ne recommence pas à nous casser les pieds avec cette histoire. Si j'entends encore parler de ça ce soir, je vous chante tous mes succès de jadis l'un après l'autre. Compris ?

— Compris, Manuel, dit Thelma. Nous capitulons.

— C'est le plus sage. Et accorde-moi une danse pour mon anniversaire.

Il passa un bras autour de la taille de la jeune fille et tous deux s'éloignèrent.

Washington se tourna vers Chase et moi.

— Ne m'en veuillez pas, dit-il avec un sourire malheureux. Cette histoire de noir et blanc ne cesse de me revenir à l'esprit.

Je lui rendis son sourire ; je plaignais le pauvre diable, mais j'étais soulagé de savoir qu'il était bien celui que nous recherchions.

— Il y a des salauds sur cette terre, dis-je. Vous parliez d'un détail curieux dans le physique de ce jeune Blanc ?

— Non, non... Manny a raison, répliqua George en secouant sa grosse tête. Il ne faut pas raconter d'histoires tristes pendant une soirée d'anniversaire. Passe-moi cette bouteille, Red, celle avec un cheval sur l'étiquette. Ce cheval pète le feu, hein, Red ?

Je compris qu'il serait inutile – voire dangereux – de le presser davantage. J'avalai un ou deux canapés au saumon et les fis descendre à l'aide d'une généreuse ration d'alcool, puis j'allai m'asseoir près de Sunny. L'air détendu, elle semblait avoir envie de bavarder.

— L'autre jour, il y avait un vieux phonographe dans la cour de l'école, me dit-elle. Un très vieux qu'il fallait remonter avec une manivelle. Il y avait seulement deux disques, mais marrants, tu peux pas savoir ! On aurait dit que le chanteur avait la colique... surtout quand le phono avait besoin d'être remonté.

Elle leva la tête vers moi ; un grand sourire faisait briller ses dents ; puis elle se remit à tirer sur la paille toute tortillée qui sortait de sa bouteille de limonade. Mme Igoe, dont le corps d'Amazone était drapé de satin bouton d'or et les cheveux platine s'étageaient très haut sur sa tête, vint m'offrir un verre de mon bourbon préféré.

Lorsqu'elle se fut éloignée, Sunny me chuchota :

— Claudette a l'air d'un cornet de glace au citron !

Elle mit sa main devant sa bouche et pouffa. Un peu plus tard, Portobello prit la fillette dans ses bras et fit en dansant le tour du salon.

La chaleur devenait insupportable et l'odeur des canaris de plus en plus envahissante. J'avisai une fenêtre ouverte dans la pièce voisine et allai m'y accouder. L'air nocturne était d'une fraîcheur agréable, malgré les âcres émanations de la grande ville.

— L'idée m'est venue ce matin, dit une voix pointue derrière moi.

Je me retournai et vis Shadmeister s'avancer en compagnie de George Washington.

— Une idée, Axel ? Lorsque tu en às une, tout le monde court se mettre à l'abri, plaisanta le chauffeur de taxi.

— Ne commence pas, George...

L'inventeur menaça le grand nègre avec son cigare, puis il en tira une bouffée et fut aussitôt pris d'une quinte de toux. Dès qu'elle se fût calmée, il continua :

— C'est la bicyclette qui m'a fourni le point de départ. La bicyclette est une invention relativement récente. Elle est apparue vers 1816 et s'appelait alors le vélocipède.

— J'en apprends des choses ! dit Washington en clignant de l'œil vers moi.

— Le vélocipède n'est pas pourvu de pédales. Il avance grâce à la pression des pieds sur le sol. Un peu comme une patinette. Il a fallu attendre cinquante années avant qu'on pense à y adjoindre la chaîne et les pédales. Ma ferme conviction est que la bicyclette a ouvert la porte à l'ère moderne. Sans elle, nous n'aurions aucun véhicule à propulsion mécanique. Ni automobiles... ni avions...

— Attention à ton cigare, Axel, l'interrompit Washington, ou tu n'auras plus de barbe non plus.

L'ingénieuse idée du vieil homme consistait à remplacer le moteur des autobus par des pédales. Les passagers pédaleraient avec ensemble pour les faire avancer et la ville posséderait ainsi un moyen de transport économique.

— Et les gens se porteraient mieux. Ça les obligerait à prendre de l'exercice, et il n'y aurait plus de tuyaux d'échappement qui polluent l'atmosphère avec leurs gaz toxiques.

— Une idée de génie ! s'écria George en lui flanquant une grande bourrade. L'inconvénient, c'est que les taxis seraient fabriqués sur ce modèle-là... et j'ai assez à faire avec la circulation sans avoir à pédaler en même temps.

Sur ces entrefaites, Thelma vint me prévenir que c'était à moi de faire danser Mme Igoe.

En tournant à travers le salon entre mes bras, ma monumentale partenaire m'informa qu'un nommé Morton était très malade et perdait sa voix.

— Il commence aussi à perdre ses plumes, ajouta-t-elle.

Je compris qu'il s'agissait d'un de ses canaris. Le triste sort de cet oiseau lui remit en mémoire celui du pauvre Buchanan. Elle sanglota sur mon épaule et, lorsque la musique se tut, je fus trop heureux de reconduire l'ancienne chanteuse à sa place.

Red Chase était assis devant la table des rafraîchissements. Il dévorait des chips qu'il noyait de grandes rasades d'alcool. A deux pas de là, Yonkers le considérait d'un œil réprobateur.

— Regardez-le, me confia-t-il à mi-voix. Il mange comme un porc. Il a de la graisse sur le menton. Et ce bruit. On croirait entendre un chien broyer des os.

— Il a faim.

— C'est un cochon. Les cochons ont toujours faim. Voyez-le engloutir le whisky. Et ses yeux sont tellement injectés de sang qu'on dirait deux grains de muscat rouge. C'est un idiot congénital par-dessus le marché. Aussi peu de cervelle qu'un brontosaure. C'est même probablement pour cette raison qu'il fait tant de bruit en mastiquant. Son crâne est vide et agit comme une caisse de résonance.

Cette idée déclencha chez Yonkers un petit rire de crécelle.

George et Thelma passèrent près de nous en dansant, suivis de Portobello et Miss Cooper, et peu après arriva le moment de s'attaquer au gâteau.

Nous chantâmes tous en chœur : « Joyeux anniversaire » , puis Manny souffla les bougies d'un seul coup et adressa trois courbettes à l'assistance.

Un glaçage d'un bon centimètre d'épaisseur recouvrait la pâtisserie, et après en avoir avalé une part généreuse, je me sentis le cœur barbouillé. Dudley Yonkers choisit cet instant pour discourir sur les vertus de la mémoire. Quand il entreprit de m'exposer le système inventé par un certain Giordano-quelque chose, je le plantai là pour me réfugier dans la pièce voisine, où je me laissai choir avec lassitude dans un fauteuil inoccupé.

Toujours aux petits soins pour moi, Mme Igoe accourut me glisser un nouveau verre entre les doigts. J'en avalai aussitôt le contenu, espérant me débarrasser de l'arrière-goût douceâtre qui persistait dans ma bouche.

Au bout de quelques minutes, Manny vint s'asseoir à mes côtés.

— Ça boume, hein ? dit-il. Si seulement ce pauvre Buck était là. C'est la seule ombre à notre petite fête. Mais chacun s'en donne à cœur-joie. Ecoutez l'air qu'on joue en ce moment ; son auteur est Tony Von Kamp. Les paroles comptent parmi les meilleures qui soient parties de Broadway.

Il chantonna :

Depuis que vous m'avez rendu ma liberté,
Le monde est devenu pour moi une prison.

— Et vos chansons à vous, ça marche ? demandai-je.

— Ça galope ! Je fabrique en ce moment une petite chose sur un puma amoureux d'une hérissonne. Charmant, hein ? Je peux employer des gags comme « Vous êtes une beauté piquante », ou bien « Sans toi, la vie manque de piquant ». Et que pensez-vous de ce refrain :

Depuis que tu as partagé mes draps,
J't'ai à la bonne
Mais il en cuit de serrer dans ses bras
La hérissonne.

« Crevant, hein ? Quand je l'ai chanté à Thelma, savez-vous ce qu'elle m'a sorti ? « On pourrait ajouter : Je te gobe, tu me gobes... passe-moi la teinture d'iode. » C'est quelqu'un, cette gosse !

Il me quitta pour faire danser Mme Igoe, et j'étais en train de m'assoupir doucement quand Axel fit irruption dans la pièce. Sans préambule, il me découvrit les beautés d'un produit capable d'effacer radicalement toutes les traces d'encre. Il l'avait découvert par hasard en expérimentant de nouvelles teintures, et cette trouvaille allait lui rapporter une fortune. Il me cita Hunt et son épingle de sûreté, Painter et ses bouchons à cannelures, Judson et sa fermeture Eclair.

— Et n'oubliez pas Edison qui a plus de neuf cents inventions à son actif ! conclut-il.

Je me baissai pour prendre mon verre posé par terre. Quand je relevai la tête, Axel Shadmeister tenait, tel un monocle, une bille d'acier devant son œil.

— Mais malgré tout, déclara-t-il d'un ton plein de respect, rien n'égale en perfection le roulement à billes, monsieur Pierglass. C'est à Cardinet qu'en revient l'idée première.

28

Je fus réveillé par le soleil qui inondait ma chambre. Il était dix heures moins le quart, il fallait me hâter. Une forte migraine me serrait les temps et je n'avais pas l'estomac d'aplomb, mais après avoir pris une aspirine, m'être rasé et brossé les dents, je me sentis mieux. Au moment de gagner la salle de bains j'entendis une porte s'ouvrir. Il y eut des chuchotements dans l'escalier, puis le ton des voix monta et je reconnus celles de George et de Thelma. C'est comme ça qu'ils ont terminé la soirée, pensai-je, vaguement jaloux de Washington. Puis je me souvins que c'était sans doute sa dernière nuit dans le monde des vivants.

Lorsque je pris une chemise propre dans mon tiroir, je constatai que le linge n'était pas exactement rangé comme d'habitude. J'ouvris les autres tiroirs. Le désordre était encore plus apparent. Mon regard fit le tour de la pièce: chaque objet semblait être à sa place. Je tirai ma valise de sous le lit. Elle était toujours fermée à clé, et rien n'indiquait qu'on ait tenté d'en forcer la serrure. Dans le placard, mes vêtements ne paraissaient pas avoir été dérangés; pourtant j'eus le vague sentiment qu'ils auraient dû être plus espacés. Je tentai de me rappeler mes gestes de la soirée précédente. Avais-je ouvert ces tiroirs avant de me coucher? Je n'en avais pas l'impression, sans être pourtant certain du contraire. L'éventualité que quelqu'un ait fouillé ma chambre me déplaisait souverainement. Ça s'était-il passé pendant mon sommeil ? J'avais fermé la porte à clé, mais omis de coincer le dossier d'une chaise sous le bouton.

Je descendis en hâte prendre mon petit déjeuner dans une cafétéria. Avant même de l'avoir terminé, j'avais réussi à me convaincre que j'étais responsable du désordre des tiroirs. Après les nombreux verres de la soirée, rien d'étonnant à ce que ma mémoire soit un peu embrumée.

J'arrivai dans la Vingt-septième Rue quelques minutes avant onze heures, et repérai Vernon au volant d'une Chrysler vert sombre. Un costaud blond était affalé sur le siège arrière de la voiture.

— Salut, Steve, lança Vernon d'une voix brève quand j'ouvris la portière pour me glisser à côté de lui. C'est Dougie, derrière.

— Salut, dis-je en me retournant.

Le costaud m'accorda un quart de sourire et hocha vaguement la tête. Avec sa chemise blanche amidonnée, son complet sombre et sa cravate, il faisait penser à un débardeur qui aurait mis ses habits du dimanche pour assister à un mariage.

Vernon roula jusqu'à la Vingt-huitième Rue et gara la Chrysler à vingt mètres de la pension Igoe, de l'autre côté de la rue. Je mis des lunettes noires et nous attendîmes. Vernon parla de sa bursite – mal dont il souffrait périodiquement – et nous entamâmes une discussion sur les mérites respectifs des équipes de base-ball new-yorkaises. Dougie n'ouvrit pas la bouche.

Miss Butler sortit la première de la maison. Chase la suivit d'assez près, une bouteille de bière sous le bras. Comme midi allait sonner, Washington apparut à son tour. Il descendit les marches du perron, sa casquette noire un peu en arrière, et jeta un coup d'œil prolongé du côté de notre voiture.

— C'est lui, dis-je, en dissimulant mon visage derrière ma main, et en m'enfonçant dans mon siège.

Vernon suivit des yeux George qui descendait la rue en se dandinant légèrement.

— Regarde-le bien, Dougie, fit-il. Les bougniols sont nombreux dans cette ville et il s'agit de ne pas se tromper.

— J'l'ai repéré, cette cloche, répondit son compagnon d'une voix éraillée. J'l'oublierai pas.

Lorsque George dépassa la voiture je l'observai à la dérobée. Ses grosses lèvres se plissaient doucement et le son atténué de l'air qu'il sifflotait arriva jusqu'à moi. Un instant plus tard il atteignit le coin de la rue et je cessai de le voir.

29

A dix heures du soir, je téléphonai à Vernon.

— Nous l'avons eu, me répondit-il, mais pas sans peine. Il a fendu l'arcade sourcilière de Dougie et a bien failli nous échapper. Heureusement, j'avais posté un autre mec au bout de la ruelle. Ça n'aurait pas dû faire un pli. Nous avons hélé son taxi et donné l'adresse d'un petit coin bien tranquille. Ça sera du nougat, je me disais, mais va-te-faire-fiche, ce type était coriace et fort comme un Turc.

— Mais vous l'avez eu ?

— Bien sûr. Pourtant, il s'en est fallu d'un poil. Son coup de poing a soulevé un de mes bonshommes à trente centimètres du sol. Parole, Steve... et le poing gauche, encore ! Le copain croyait d'abord que sa mâchoire était brisée, mais en fin de compte il a seulement perdu deux dents. Je ne peux pas te parler plus longtemps, j'ai quelqu'un à voir et il faut que je sorte. Rappelle-moi demain, tu veux ?

— D'accord. Je veux jeter un coup d'œil dans sa chambre. Cette nuit, si possible.

— Parfait. J'espère que tu trouveras des trucs. A demain, petit.

30

Il était minuit lorsque j'ouvris la porte de George avec un bout de matière plastique. A part un gémissement occasionnel de sa vieille charpente, la maison était silencieuse comme la tombe. Je baissai le store, allumai l'électricité et me mis au travail.

Une table, une chaise, le lit et un lavabo formaient tout le mobilier. L'inventaire du reste fut bientôt fait : deux complets bon marché, une seule paire de chaussures, un poste de radio portatif, un réveil, quelques livres et magazines… c'était tout. J'examinai le dessous des meubles, sondai l'oreiller et le matelas. J'explorai le radiateur, le lavabo, le placard et l'armoire à pharmacie. Je scrutai soigneusement les murs et les moulures, inspectai la porte et le châssis de la fenêtre, et m'agenouillai pour étudier le parquet. Je ne découvris la trace d'aucun travail de menuiserie récent, et aucune lame du plancher ne branlait.

Je fouillai les vêtements et en tâtai la doublure. Je sortis l'un après l'autre les objets contenus dans le tiroir de la table de toilette. J'en fis autant pour le linge sale fourré dans une taie d'oreiller, puis j'examinai chaque livre, chaque magazine. Je regardai même à l'intérieur du poste de radio et plongeai mes doigts dans une boîte de café en poudre. Trois pièces de un dollar et un billet de cinq furent tout l'argent que je réussis à découvrir. Et pas l'ombre de documents ni de photostats dans cette chambre.

Après avoir débité une série de jurons – à voix basse mais de tout mon cœur – je remis chaque chose à la place où je l'avais trouvée, éteignis la lumière et remontai le store. Je collai ensuite l'oreille à la porte pour m'assurer que personne ne se baladait dehors et, juste à ce moment, des sons étouffés me parvinrent du couloir. Des craquements de parquet suivirent, puis le bouton de la porte dont je distinguais vaguement dans le noir la porcelaine blanche se mit à tourner.

Tout mon poil se hérissa et un frisson glacé me descendit le long de l'échine. Il leur a échappé, pensai-je.

La porte étant fermée à clé, elle ne bougea pas.

Je jetai un coup d'œil vers la fenêtre à guillotine. Impossible de fuir assez vite par là. Instinctivement, je m'adossai à la porte – bien résolu à l'empêcher à tout prix de s'ouvrir – et j'attendis avec anxiété le bruit d'une clé qui entrait dans la serrure.

Ce fut un son très différent qui se fit entendre. Un son plus doux... plus sourd.

J'écarquillai les yeux, et à travers la fente assez large qui séparait le panneau du chambranle, je vis, éclairé par la maigre lumière de l'ampoule du couloir, un morceau de celluloïd en train de pénétrer dans la serrure. Il trouva rapidement le pène et se mit à le manœuvrer.

Mon pied prit appui contre le radiateur placé à ma droite et, m'arc-boutant, je me préparai à résister à la pression qui allait s'exercer dans mon dos. Elle ne tarda pas, mais mon corps était à présent rigide comme une barre d'acier et la porte ne bougea pas d'un pouce.

Le morceau de celluloïd reprit son travail, le bouton de la porte tourna, et une seconde pression – beaucoup plus forte que la première – s'exerça sur mes omoplates. Je tins bon. Un juron à peine audible suivit cet effort. Des pieds changèrent de position et le parquet craqua. Le morceau de celluloïd farfouilla encore dans la serrure, accompagné par le bruit d'une respiration pénible. Pour la troisième fois on poussa sur le panneau, mais le cœur n'y était plus sans doute et je résistai facilement à cette dernière tentative. Un gros soupir lui succéda, puis il y eut un long silence. Enfin un bruit de pas alla décroissant dans le couloir, et bientôt je n'entendis plus rien.

Cinq bonnes minutes s'écoulèrent avant que j'aie le courage d'ouvrir la porte. Je ne vis personne. Quelque part dans la maison, une radio jouait, discrètement.

De retour dans ma chambre, je verrouillai la porte et la coinçai avec ma chaise.

31

Cette nuit-là, je ne fermai pas l'œil une seconde. Mon cerveau cherchait frénétiquement une explication. J'étais certain à présent que ma chambre avait été fouillée par l'inconnu du couloir. Mais qui était-ce ? Que cherchait-il ? Dans ma tête, deux personnages terrorisés discutaient à n'en plus finir, l'un proposant des explications que le second rejetait aussitôt.

Le lendemain matin j'avais les yeux brûlants, le cerveau en capilotade et des courbatures dans le dos. A dix heures, j'essayai d'avoir Vernon au bout du fil mais on m'informa qu'il venait de sortir.

A mon retour, je trouvai Portobello dans la véranda.

— Vous n'avez pas bonne mine, Steve, me lança-t-il. C'est notre petite fête d'hier soir qui vous a mis dans cet état ?

— J'ai eu du mal à dormir cette nuit, répliquai-je en scrutant son visage. Il y avait des bruits bizarres dans le couloir… comme si quelqu'un s'y glissait furtivement. Vous n'avez rien entendu, Manny ?

— Pas le moindre son. J'ai posé la tête sur l'oreiller à dix heures et demie, et trois secondes plus tard je faisais mon entrée dans le royaume des songes. Mais cette baraque a le don de produire toutes sortes de bruits fantastiques. Lorsque le vent souffle, en hiver, c'est inimaginable ce qu'on peut entendre ! Avez-vous vu Thelma ?

— Pas encore.

— Elle vous cherchait. Je suppose qu'elle est partie pour son cours, maintenant. (Il se lissa la moustache avec l'index.) Vous vous êtes bien amusé à notre petite fête?

— C'était magnifique. Mais j'ai trop bu.

Il sourit.

— Ce genre de réunion est fait pour ça, déclara-t-il en haussant les épaules.

Lorsque j'eus grimpé l'escalier jusqu'à ma chambre je me sentis soudain vidé. Je m'étendis tout habillé sur mon lit et je sombrai aussitôt dans le sommeil.

Des coups violents me firent reprendre péniblement conscience. Je m'efforçai de continuer à dormir mais, le bruit persistant, je finis par ouvrir les yeux. D'abord, je ne reconnus pas la pièce et je me dressai avec effroi sur mon séant. Puis tout me revint, et je me rendis compte que c'était à ma porte même qu'on tambourinait. Je sautai à bas du lit sans enthousiasme et allai ouvrir.

— Ce n'est pas possible, tu te nourris de barbituriques! s'écria Thelma. Je n'ai plus de peau sur les jointures à force de frapper.

— J'essayais de dormir un peu, répondis-je d'un ton plaintif.

— Dormir? A cette heure de la journée? J'ai quelque chose à te demander, mon petit, quelque chose d'important. Tu dormiras la nuit, comme les gens normaux.

Elle se faufila prestement dans la chambre.

— Ça ne peut pas attendre demain?

— Non, c'est urgent.

— C'est bien, dis-je en refermant la porte. Mais fais vite.

— Sois tranquille.

Elle s'assit dans le fauteuil; un petit sourire se jouait sur ses lèvres, mais une étrange dureté apparut dans ses yeux obliques.

— De quoi s'agit-il ? demandai-je.

— Simplement ceci : donne-moi cinquante mille dollars.

Je haussai les sourcils.

— Tu es venue m'arracher au sommeil dans la simple intention de blaguer un peu ? Ma chère Thelma, mon sens de l'humour, en ce moment…

— Je ne blague pas, Steve, m'interrompit-elle. Je suis très sérieuse. Triste même. Je suis venue te parler de la disparition de Washington, du viol de cette pauvre gosse par le jeune Blanc qui est devenu un homme politique important, et du million de dollars réclamé par le maître chanteur. Comme tu vois, ce n'est pas de la plaisanterie. La preuve, tu ne ris pas du tout.

J'eus l'impression que le plancher devenait élastique.

— Qu'est-ce que tu racontes ? dis-je en me laissant choir sur le lit. Je ne comprends rien à tes paroles !

Même à mes propres oreilles, la réplique parut peu convaincante.

— Dispensons-nous de ce dialogue de roman-feuilleton, dit-elle. Donne-moi cinquante mille dollars, ou je crie sur les toits que tu as tué George.

— Tu perds l'esprit. Je n'ai tué personne.

— Si ce n'est pas toi, c'est un de tes petits copains. Mais si George n'est pas mort, tu pourras toujours le montrer aux flics quand ils viendront t'interroger.

— Tu es complètement folle.

— Vraiment ? Toutes mes excuses, Steve. Ce n'est pas à toi qu'il faut causer, et dans ce cas je m'en vais.

Elle se leva.

Je secouai la tête, encore étourdi par le choc.

— Rassieds-toi, dis-je. Qu'est-il arrivé ? Comment as-tu appris…

— Tu n'as pas l'air dans ton assiette, murmura-t-elle ironiquement. Peut-être que tu t'es trompé de profession. (Elle rejeta en arrière ses cheveux de jais et reprit place dans le fauteuil.) Comment je suis au courant ? C'est ça qui te tracasse ? Laisse-moi t'expliquer, tu comprendras tout de suite à quel point ta position est sans espoir. Le jour de ton arrivée dans cette maison j'ai subtilisé ta machine à écrire. Ah, tu te souviens de l'incident, je vois ! A New York, Steve, c'est de la folie de laisser des objets auxquels on tient dans une voiture pas fermée à clé. La ville est remplie de voleurs. Naturellement, si j'avais su qu'elle t'appartenait, je ne l'aurais pas prise. Quand je t'ai vu derrière le volant, j'ai regretté mon geste... mais la machine était déjà chez l'oncle Andy, et même si je lui avais rendu les douze dollars, il n'aurait jamais voulu la restituer.

— Les notes ? murmurai-je.

— Eh oui, les notes, mon petit. Quand l'oncle l'a ouverte pour s'assurer qu'elle fonctionnait bien, j'ai vu les papiers et je les ai fourrés dans mon sac. Une semaine plus tard, je les ai retrouvés par hasard et, sachant qu'ils venaient de toi, j'ai jeté un coup d'œil dessus. Cet étrange charabia a excité ma curiosité, et je ne voudrais pas te faire de peine, Stevie, mais il ne m'a pas fallu dix minutes pour déchiffrer ton code magistral sur ma propre machine.

Elle me décocha un sourire moqueur tandis que le bout de sa sandale venait taquiner mon mollet.

— Bien entendu, l'histoire m'a fascinée, continua-t-elle. Quant aux deux cent mille dollars... ils ont tout bonnement mis le feu à mon imagination ; la pensée que cette baraque minable pouvait abriter le possesseur d'une pareille somme me donnait le vertige. J'ai donc ouvert tout grand mes yeux et mes oreilles, et j'ai manœuvré pour obtenir de toi quelques détails supplémentaires. Entre parenthèses, tu n'as pas été facile à dégeler ! En réfléchissant bien, George m'a paru correspondre le mieux au personnage décrit dans tes notes. J'ai fait mon possible pour le connaître mieux lui aussi, mais il n'était pour ainsi dire jamais là et m'accordait peu d'attention. C'est au cours de la petite fête d'anniversaire, l'autre soir, que j'ai réussi pour la première fois à l'intéresser. L'histoire du pic à glace dans Central Park, ça me rendait un peu circonspecte, mais il était si doux, si gentil, que j'avais du mal à le croire capable d'un tel geste. Et puis deux cent mille dollars, c'était une somme. (Sa voix prit une intonation rêveuse.) Je me suis dit qu'ils seraient mieux dans ma poche que dans la sienne.

Chacune des paroles de la jeune fille me faisait l'effet d'un coup de poing. J'essayai désespérément de comprendre la situation et je finis par dire :

— Ne te mêle pas de cette affaire, Thelma. Ce n'est pas la même chose que chiper des objets dans les voitures ou sur les comptoirs. Ceux qui m'emploient n'ont aucun sentiment humain. Il ne sortirait de ceci que souffrance et malheur pour toi.

— Oh, je ne me mêlerai de rien, Steve. Donne-moi seulement cinquante mille dollars et je disparais. As-tu encore l'argent ici ? Il n'était plus dans la chambre de George ce matin, je suppose que tu as mis la main dessus hier. J'aurais dû agir plus vite, mais je n'ai pas osé.

Je la regardai.

— C'est donc toi qui essayais d'entrer dans sa chambre cette nuit ?

— Oui. Tu m'as entendue d'ici ? J'ai joué de malheur, la porte était coincée. C'est bizarre d'ailleurs, car lorsque je l'ai poussée, ce matin, elle s'est ouverte facilement. La veille, j'ai profité du moment où tu t'étais assoupi pendant la petite fête pour explorer ton repaire. (Elle me lança un coup d'œil malicieux.) Plus tard, j'ai couché avec George, mais sa présence dans la pièce m'a empêchée d'en faire autant chez lui.

— Comment savais-tu qu'il ne serait pas là hier soir ?

— Parce que nous devions sortir ensemble. Alors, quand

il n'a pas donné signe de vie à l'heure dite, j'ai fait travailler mes méninges et j'ai conclu que son absence était définitive. J'ai remarqué ton expression quand il a raconté le meurtre de la fillette noire, et je me suis dit qu'après ça il ne figurerait plus longtemps au nombre des vivants. Je ne me doutais pas, pourtant, que le travail serait si rapide ! Et maintenant, te voilà possesseur de deux cent mille dollars, et je t'en demande seulement le quart... ce qui est minime, avoue-le. Je suis surprise moi-même de ma modération. Où est l'argent, Stevie ? Dans l'un des casiers de la Gare Centrale ? Donne-toi un coup de peigne, on va aller le chercher tous les deux.

— Il n'y avait pas d'argent chez lui, dis-je d'une voix blanche. J'ai trouvé la même chose que toi : peau de balle. Il a caché le fric ailleurs.

— Tu es un menteur, fit-elle en détachant ses mots.

— C'est la vérité. Je le jure devant Dieu !

— Tu mens.

— Non. Il n'y avait rien.

— Très bien. C'est vraiment pas de veine pour toi, parce que, maintenant, je vais aller raconter ma petite histoire aux flics, et ils te mettront dans une jolie cage, comme les canaris de Mme Igoe, mais pour une période beaucoup plus longue.

Pendant une minute nous nous défiâmes du regard.

— Tu n'es qu'un bébé, Thelma, dis-je enfin, et ceux qui m'emploient sont des loups. S'ils découvrent...

— Calme-toi, Stevie. Ton inquiétude à mon égard me touche profondément, mais je saurai les tenir à distance. J'ai pris mes précautions. Je suis peut-être gourmande mais, comme le troisième petit cochon du conte, j'ai construit ma maison avec des briques solides. Tu peux dire de ma part à tes loups qu'avec moi... (retenant avec peine son rire à la pensée du mauvais jeu de mots qu'elle allait faire, elle conclut :) ils *louperont* leur coup !

Craintes et espoirs, plans et contre-plans se bousculaient dans ma tête.

— Il me faut du temps, murmurai-je.

— Pour quoi faire ? Donne-moi l'argent, c'est tout.

— Il n'y en a pas.

— Mais si, mais si. Même si tu me racontes la vérité au sujet du magot de George – et je n'y crois pas une minute – tes loups n'auront pas de mal à rassembler cinquante mille dollars. Après tout, ils ont autant d'intérêt que toi à ce que je ne bavarde pas.

— Accorde-moi vingt-quatre heures.

— Toute une journée ? (Je lus une feinte consternation sur la peau brune de son visage.) Tu essaies de gagner du temps pour que tes complices me fassent passer le goût du pain.

— Vingt-quatre heures, répétai-je. Si tu as peur, retire-toi.

— Le cadavre de George est planqué quelque part et je ne tiens pas à lui tenir compagnie.

— Alors, suis mon conseil : oublie tout ce que tu as pu découvrir.

— Ne compte pas là-dessus. Je n'ai rien à craindre.

— Abandonne, la suppliai-je en approchant mon visage à quelques centimètres du sien. Il y a des choses trop horribles et aucune somme d'argent au monde ne vaut qu'on les risque.

— Bien sûr, l'argent n'est pas tout, concéda-t-elle avec une moue dédaigneuse. Je le sais aussi bien que toi, gros malin. Un homme qui possède dix millions n'est pas plus heureux que celui qui en a neuf. Mais écoute-moi bien, pauvre cloche : ceci est la Grande Occasion de ma vie, la chance de redevenir riche qui frappe à ma porte. Si je la laisse passer, tu t'imagines qu'il s'en présentera une autre ? Je suis une femme, Stevie, et noire par-dessus le marché.

— Comparé au risque dont je te parle, Thelma, l'argent est une chose sans valeur… du papier… rien. En ce moment, tu cours te mettre devant une locomotive lancée à toute vapeur. Quand elle sera passée sur toi, à quoi te servira ton argent ?

— Quelle éloquence, mon chou ! Mais j'en ai marre de l'existence minable que je mène. A moi la grande vie, Stevie. Je t'accorde tes vingt-quatre heures. Apporte-moi le fric demain à trois heures. Et un conseil : sois exact. Si tu n'est pas là à l'heure dite, ou si le compte n'y est pas, je téléphone aux poulets illico.

J'aurais voulu discuter encore, mais il était évident qu'elle ne m'écouterait pas et j'abandonnai la partie. Elle gagna la porte et disparut.

32

Je téléphonai aussitôt à Vernon.

Ce fut encore la bonne que j'eus à l'appareil. Elle m'informa qu'il était revenu chez lui depuis mon précédent coup de fil mais qu'il venait de repartir.

— Vous êtes bien M. Pierglass ? ajouta-t-elle.

— Oui.

— Alors, je vous lis le message que Monsieur a laissé pour vous : « Attendre une communication à Central Park à cinq heures et demie. »

Le métro m'emmena jusqu'à la Cinquante-neuvième Rue, mais comme la pendule indiquait seulement quatre heures, je fis halte au St-Moritz Bar et bus deux bourbons soda. J'avais beau réfléchir, je ne voyais qu'une solution possible à mon problème : avertir John.

A cinq heures et quart je me dirigeai vers l'une des cabines de la lisière sud du parc. Je l'atteignis deux minutes avant que la sonnerie ne retentisse.

— John ?

— Qui est à l'appareil ?

— Steven. J'ai manqué Vernon, mais il m'a laissé un message.

— Pas trop explicite, j'espère, laissa tomber la voix aux inflexions de femme distinguée.

— Non. Il me disait seulement d'être au parc à cinq heures et demie.

— Bien. Qu'as-tu trouvé ?

— Il n'y a rien dans sa chambre. Rien de rien.

— Incroyable. Tu en es bien sûr ?

— Parfaitement sûr, John. La pièce est petite, et je l'ai explorée centimètre par centimètre. S'il avait caché une boîte d'allumettes dans cette chambre, je l'aurais découverte.

— C'est très ennuyeux, Steve. Il faut à tout prix dénicher les photostats. Je crains d'avoir sous-estimé cet homme. Les cachettes ne doivent pas manquer dans une vieille baraque de ce genre. Il y a bien une cave... un grenier... une cour ?

— En effet. Je vais les examiner. Washington a-t-il dit quoi que ce soit qui pourrait servir d'indice ?

John eut un petit rire amer.

— Il a commencé par prétendre qu'il ne savait pas de quoi je parlais. Après, il n'a pas été possible de lui arracher un seul mot. Et pourtant, Steve, je me suis donné beaucoup de mal, crois-moi ! Cet homme était un vrai roc. Sais-tu bien qu'il n'a même pas voulu dire son nom ? C'est la première fois que j'assiste à une chose pareille. J'étais persuadé jusqu'ici que chaque individu avait sa limite d'endurance personnelle... ce que j'appelle sa « tolérance à la torture ». Eh bien, ce George a détruit ma belle certitude.

John semblait scandalisé par un comportement aussi incompréhensible, mais une partie seulement de mon esprit était à la conversation, le reste se concentrait sur Thelma et la révélation que j'allais être obligé de faire dans un instant.

— En avez-vous *fini* avec George ? demandai-je.

— Oh oui. Nous sommes tous mortels, même les hommes comme lui. Mais, il n'a rien dit... rien. Ce garçon s'est laissé écorcher vif sans pratiquement ouvrir la bouche. J'aurais pu le croire muet de naissance s'il ne lui était échappé un cri sourd de temps à autre. C'était un véritable défi ! Sans la vue du sang qui ruisselait de partout, je me serais demandé si je n'avais pas affaire à une statue de marbre. Il a fallu que je lui enlève morceau par morceau la peau du bras jusqu'à l'épaule pour que monsieur daigne pousser un gémissement.

Mon estomac commençait à me remonter dans la gorge. J'appuyai mon front sur le métal froid du téléphone.

— Et maintenant, continua John, voilà qu'il a caché les dollars et les papiers sans lesquels nous ne connaîtrons jamais le nom de notre client. Il ne faut pas compter sur les représentants de celui-ci pour nous le révéler, et ces gens-là vont s'imaginer que nous gardons l'argent pour nous. Tout ça parce que le pouvoir de résistance à la douleur d'une brute de nègre n'avait pas de limite. Moi qui ai dû le travailler toute la nuit, je suis fourbu. As-tu appris quelque chose sur lui, là-bas ?

Je rapportai l'histoire racontée par George au cours de la soirée et son allusion à une particularité physique du jeune Blanc.

— Mais, avouai-je, je n'ai pas pu lui faire préciser de quoi il s'agissait.

— Toujours notre déveine, maugréa John. Enfin, nous connaissons le nom de la victime – Thelma – ça pourra nous servir. Du moins, si c'est bien le vrai nom de la fillette ! Ce Washington semble être originaire de Mobile ; sa carte de sécurité sociale a été délivrée dans cette ville. Nous tirerons parti de ce renseignement, et toi, tâche de mettre la main sur les photostats. Tu n'as pas vu de carnet de banque ?

— Non.

— Pas de clés non plus ? Rien qui puisse ouvrir un coffre quelconque ?

— Je n'ai pas trouvé une seule clé. Et il n'y avait ni bulletin de consigne, ni lettre, ni facture, ni reçu d'aucune sorte.

— Il ne laissait rien au hasard, le salaud. Ça ne nous a pas empêchés de le mettre hors d'état de nuire, à la fin. C'est au moins une chose dont nous pouvons nous féliciter. Notre client respire, m'a-t-on dit. Eh bien, mon cher, il ne te reste plus qu'à faire tout ton possible pour découvrir la cachette. Si ce voyou n'a pas confié les documents à un ami, ils doivent bien être quelque part. Rien d'autre à me signaler ?

J'avais la gorge sèche. J'humectai mes lèvres et pris ma respiration.

— John... Il y a une anicroche, de mon côté.

— Une anicroche ? Explique-toi.

— La jeune négresse – Miss Johnson – a découvert ce qui se passe.

Je l'entendis retenir son souffle.

— Qu'est-ce que tu dis ? Parle intelligiblement, Steven, et donne-moi tous les détails.

Je commençai mon récit. John me laissa parler sans m'interrompre et, à mesure que j'avançais dans mes explications, les mots sortaient de plus en plus difficilement de ma bouche. Enfin je m'arrêtai.

Après un bref silence, une sorte de petit grognement doucereux me parvint et John demanda d'une voix neutre :

— Tu avais noté mot à mot toutes mes paroles ?

— Pas mot à mot. Juste...

— Juste assez pour que cette fille puisse tout comprendre ?

— Oui, John.

— Et tu as laissé ces... ces mémoires sur ta machine à écrire, dans une voiture dont la portière n'était pas fermée à clé ?

— Oui.

— En code, n'oublions pas ce détail. Un code qu'une écolière n'a pas mis dix minutes à déchiffrer.

Je gardai le silence.

— Eh bien, réponds-moi ! Ce n'est pas la vérité ?

— Si, John.

— Et maintenant, cette enfant peut réduire toute l'opération en cendres. Bien plus... elle peut nous détruire complètement. Mauvais, Steve... très mauvais. Pourquoi m'as-tu fait ça ? Combien de fois t'ai-je dit de ne pas prendre la moindre note ? Cent fois ? Mille fois ? Comment as-tu pu être aussi stupide ? Si totalement imbécile ? Réponds-moi.

— Je ne sais pas.

— Tu ne sais pas ! Prenais-tu mes instructions pour des paroles sans conséquence ?

— Non, John.

— As-tu soudain décidé que tu en savais plus long que moi ?

J'hésitai une fraction de seconde.

— Réponds-moi ! tonna-t-il.

— Non, John, non. Mais j'avais toujours peur d'oublier quelque chose d'important, comme dans l'affaire de Chicago.

— Et tu as noté toutes nos conversations depuis cette époque-là ?

— Oui, mais je détruisais mes notes plus tard.

— Quelle prudence ! (Un soupir exaspéré voyagea sur la ligne.) J'avais foi en toi, Steven, je t'accordais toute ma confiance Je te tenais pour un garçon intelligent, plein de ressources, et à qui on pouvait se fier. Aujourd'hui je découvre que tu es une mazette, un bousilleur, un crétin maladroit et irresponsable. Et tu ne m'as même pas présenté tes excuses !

— Je vous prie de m'excuser, John.

— Redis-le.

— Je vous prie de m'excuser, John.

— Encore une fois.

— Je vous prie de m'excuser, répétai-je en grinçant des dents.

— Parle plus fort, j'ai peine à t'entendre !

— Je vous prie de m'excuser, John, dis-je pour la quatrième fois en élevant un peu le ton. Je me suis conduit d'une façon stupide.

— Stupide ? Tu veux dire criminelle. Cette fille connaît toute notre affaire en détail. Toi et tes notes... Plus d'un homme a été pendu par la faute d'un petit bout de papier. Qui d'autre est au courant ?

— Personne, répondis-je.

A la vérité, je n'avais pas songé à poser la question à Thelma.

— A-t-elle une amie ? Un coquin ? Des parents ?

— Non. Sa mère est morte et son père se trouve dans un asile d'aliénés.

— De la façon dont vont les choses, j'irai bientôt l'y rejoindre, dit John en se mettant soudain à pouffer.

Son rire flotta jusqu'à moi. La sueur me coulait le long du visage, mais je commençais à me rassurer. Sa fureur s'était évanouie. Je jugeai malgré tout plus prudent de garder le silence. De l'autre côté de la rue, des drapeaux pendaient mollement sur la façade des hôtels. Au-dessous de leurs raies blanches et rouges, des portiers sifflaient pour appeler un taxi.

— Alors, mon cher, qu'allons-nous faire ? Je n'ai pas de temps à perdre avec les petites filles gourmandes. Cinquante mille dollars ? Elle voit grand, c'est une justice à lui rendre. Dis-moi tout ce que tu sais d'elle, Steven.

Je fis une description détaillée de Thelma et rapportai à John ses moindres propos, me gardant bien toutefois de lui dire que j'avais couché avec elle.

— Elle vole dans les magasins ? Une petite chapardeuse... Ça s'accorde avec le reste. Il serait temps qu'elle prenne un métier, et puisque cette Miss Johnson aime l'argent, si nous la mettions à même d'en gagner ? Ah, ah... tu te demandes comment ? J'ai des amis en Amérique du Sud qui sont toujours ravis d'accueillir des filles ambitieuses. Quel âge a-t-elle ?

— Seulement dix-sept ans.

— Pourquoi « seulement » ? C'est le bel âge… le fruit est mûr mais pas encore pourri. (La voix de John sonnait à présent de façon presque allègre.) Je suis certain qu'elle sera reçue à bras ouverts. Cinquante mille dollars ! Quand elle se réveillera à La Paz, riche uniquement des frusques qu'elle aura sur le dos et promise à un avenir plutôt déprimant, peut-être qu'elle renoncera à ses projets chimériques. Mais dis-toi bien une chose, Steve : même si nous réussissons à nettoyer ce gâchis, ta monstrueuse idiotie ne sera pas oubliée !

J'eus droit à quelques récriminations supplémentaires et à un avertissement proféré en des termes non équivoques. Après quoi, John m'informa que Vernon m'attendrait le lendemain matin dans la Vingt-septième Rue et raccrocha sans me dire au revoir.

Je regagnai rapidos le St-Moritz Bar et me fis servir un double bourbon.

33

A neuf heures et demie le même soir, Thelma arrivait dans ma chambre.

— Qu'est-ce qu'ils ont dit ? demanda-t-elle.

— Que ça faisait beaucoup de fric.

— Ne me raconte pas de boniments. C'est des clopinettes comparé à ce qui est en jeu. Et je croyais que pour toi l'argent n'était pas tout ? Tu veux dire qu'ils ne marchent pas ?

Les lèvres serrées, elle me regardait fixement.

— A trois heures, la somme sera là.

— Parfait, dit-elle, soudain détendue. Ils font une bonne affaire. Un meurtre, c'est une chose importante. Ce n'est pas comme de chiper un porte-jarretelles ou une petite culotte chez Gimbels, et les juges se montrent parfois très désagréables avec les assassins.

— Tu blagues toujours, Thelma, mais ce n'est pas un sujet de plaisanterie.

— Pas pour toi, bien sûr, mon pauvre Stevie, répliqua-t-elle en éclatant de rire.

Une onde de tendresse monta soudain en moi. Elle semblait si mince, si enfantine, si fragile. J'avais envie de la secouer pour qu'elle sorte de son rêve absurde. Mon visage dut me trahir car elle haussa les sourcils et, curieuse, me regarda.

— Renonce à cet argent, balbutiai-je. Renonces-y, Thelma. Fais ta valise et sauve-toi... ce soir... tout de suite. Ces gens sont durs, impitoyables, horribles...

— Trois heures ! chantonna-t-elle. Trois heures ! Trois heures ! L'argent dans ma poche, je disparaîtrai bien vite. N'aie pas peur, mon petit Glass-de-bière, je filerai loin d'ici. Dans deux jours on me verra à Capri, à Monaco ou à Deauville. Avec ces cinquante mille dollars, je vais m'offrir une carte d'entrée dans le club des riches... de ceux qui se la coulent douce. Que je passe seulement une année ou deux dans ce milieu et j'aurai un joli palais à moi. Avec un régiment de femmes de chambre et un maître d'hôtel qui m'apportera mon petit déjeuner sur un plateau d'argent. Je suis jeune, pas bête, et pas trop vilaine à voir, et si ma peau n'est pas blanche, elle n'est quand même pas très foncée. Disons de la crème au café plutôt qu'au chocolat. Ne fais pas cette bobine, Stevie. Tu pourras traverser l'Atlantique un jour pour me faire une petite visite. (Un sourire espiègle fendit sa bouche.) Je te prendrai peut-être même à mon service comme valet de pied !

Je n'étais pas d'humeur à rire.

— Trois heures, dis-je. Et maintenant, tu ferais mieux de monter chez toi.

Elle haussa les épaules.

— Bon, bon. Monsieur est de mauvais poil. Je te comprends, remarque. Tes petits copains ont dû te faire la vie dure... Mais le sort de George n'est pas enviable non plus. Ne crois pourtant pas que je prenne plaisir à te flanquer dans la mouscaille. Je n'avais pas d'autre moyen d'arriver à mes fins, voilà tout ! Et ce n'était pas uniquement pour te tirer les vers du nez que je suis venue faire l'amour, l'autre soir.

— Trois heures demain, murmurai-je.

— Entêté comme une mule et un cœur de pierre, soupira-t-elle. C'est bon, j'y serai. Veille à ce que l'argent y soit aussi.

Et si tes petits camarades essaient de me jouer un tour de cochon, avertis-les que ça se retournera contre eux. Ils auront des ennuis… des tas d'ennuis… des tonnes d'ennuis. Mais si j'obtiens mon argent, je ne lèverai pas le petit doigt pour leur faire du tort. Sans rancune, mon chou.

J'allai ouvrir la porte.

En passant près de moi, elle me souffla espièglement dans l'oreille, puis murmura :

— Bonne nuit, Steve.

Derrière le battant refermé, j'entendis tinter son rire.

34

Un peu plus tard, comme je descendais chercher la dernière édition des *News*, je croisai Portobello.

— Avez-vous aperçu George aujourd'hui ? demanda-t-il.

— Non. Pourquoi ?

Je lus un certain étonnement sur son visage au teint foncé.

— Ça fait deux jours que personne ne l'a vu, expliqua-t-il. Il est parti pour son travail hier matin, comme de coutume, mais il n'est pas rentré. La seule raison possible de son absence serait qu'une poule de luxe ait eu le béguin pour lui et qu'il soit en train de faire la bombe avec elle. Le coup du taxi, vous savez. Mais ce n'est pas dans les habitudes de George. Il est plutôt vieux jeu.

— Si c'est ça, il reparaîtra bientôt.

— Oh bien sûr. Je ne suis pas inquiet, je me demande seulement ce qu'il peut bien fabriquer.

Je descendis rapidement les marches.

35

Vernon était au volant de la même Chrysler sombre, mais cette fois deux hommes occupaient le siège arrière. Il me lança un regard aigu assez désagréable et me les présenta sous les noms de Mac et de Phil. Il prit encore la direction de la Vingt-huitième Rue et se gara au même endroit que l'avant-veille. Je n'avais pas échangé quatre paroles avec mes compagnons.

Au bout d'une petite heure d'attente, Thelma sortit de la maison, un grand sac en matière plastique jaune à la main. Elle portait une robe d'un bleu turquoise vif, et un foulard doré enserrait sa chevelure de jais.

— C'est elle, annonçai-je.

— Pas mal, la gosse, remarqua Vernon. J'aime bien sa robe aussi ; on risque pas de la perdre dans la foule !

Quand elle eut tourné le coin de la rue, je me glissai hors de la voiture.

Vernon baissa la glace de sa portière.

— Continue tes recherches, commanda-t-il. Deux cent mille tickets, c'est un gros paquet. Téléphone-moi vers midi. (Une grimace tordit ses traits.) Je viens de m'extraire du lit ; cette putain de bursite m'empêche pratiquement de plier les genoux.

Je ne répondis pas, et la voiture s'en fut à la suite de Thelma.

36

— Nous l'avons cueillie dans la Trente-cinquième Rue, derrière chez Macy, m'expliqua Vernon au téléphone. J'ai sorti un insigne bidon en disant que j'étais détective du magasin. Elle n'a marché que deux secondes, mais ça nous a suffi pour la pousser dans la voiture. Ça s'est déroulé un peu plus facilement qu'avec ton Washington, mon vieux !

— Personne n'est intervenu ? Il devait y avoir pas mal de passants à cette heure-là.

— En effet, mais nous n'avons pas eu d'ennuis. Les gens ne s'occupent pas des affaires de leurs voisins, à New York. Il y a toujours beaucoup de camions dans ces rues latérales, des mecs en train de décharger des meubles, mais ils nous ont pris pour des poulets. Ça leur est pas venu à l'esprit qu'on pouvait enlever quelqu'un de vive force en plein jour ! A cinq heures, John te téléphonera à l'hôtel. D'accord ?

— D'accord.

J'allai déjeuner chez Sandro Sanducci. Une photo de Capri ornait le menu et la nourriture me parut avoir un goût de cendre.

37

Lorsque j'arrivai à l'hôtel Roosevelt, un gros joufflu du Middle West, à la voix claironnante, occupait la cabine téléphonique. La porte était restée ouverte, et j'aperçus une pile de jetons près de sa main. Je craignis qu'il reste installé là pour le restant de la journée, mais à cinq heures moins une, il évacua la cabine en s'épongeant avec un grand mouchoir à carreaux. Je pris rapidement sa place, et une seconde plus tard la sonnerie se déclenchait.

— Steven ? s'enquit la voix aux inflexions précieuses.

— Oui, John, c'est moi.

— Tu parles d'une façon bizarre, aujourd'hui. Prononce quelques mots, que je sois sûr d'avoir affaire à toi.

— Bien. De quoi désirez-vous que je vous entretienne ? Ici, l'atmosphère est poisseuse et brûlante. A midi dix j'ai parlé à Vernon…

— Ça suffit, fit-il sèchement. A présent, écoute-moi bien. Et pour l'amour du Ciel, ne prends pas de notes ! C'est clair ? Derrière la pension Igoe, il y a un arbre dans le tronc duquel se trouve une cavité d'assez grandes dimensions. L'as-tu remarqué ?

— Oui, il y a un vieux chêne dans l'arrière-cour, dis-je sans comprendre où il voulait en venir.

— Parfait. Tu vas te rendre immédiatement au pied de

cet arbre et tu sortiras une enveloppe qui se trouve au fond de la cavité. On l'a dissimulée sous des branchettes, mais tu n'auras aucun mal à la découvrir. Assure-toi qu'il n'y a rien d'autre dans le trou. Emporte cette enveloppe dans ta chambre et brûle-la. Ecrase les cendres, jette-les dans la cuvette des waters et tire la chasse d'eau. Tu as bien compris ?

— Oui, répondis-je après un instant de réflexion. J'ai remarqué le trou dont vous parlez. Il est à environ un mètre cinquante du sol. Dois-je ouvrir l'enveloppe ?

— Je te dis de la brûler. Son contenu est de plus dangereux. Obéis exactement à mes ordres.

— Entendu, John. Je m'en occupe immédiatement. C'est Washington qui l'a mise là ?

— Non, imbécile, c'est la fille.

— Thelma ?

J'avais fourré une cigarette entre mes lèvres, et en l'allumant je vis trembloter la flamme de mon briquet. Au moment où je faisais cette remarque, j'entendis mon interlocuteur répondre « Oui », de façon à peine audible, comme s'il s'était éloigné un instant de l'appareil.

— Oui ? répétai-je.

— C'est ce que je viens de dire, non ?

— Est-elle partie, John ?

— Oui. On l'a emmenée il y a une heure.

— Où est-elle maintenant ?

— Au ciel peut-être, gloussa-t-il. Qui sait ?

Je sentis mon cœur défaillir.

— Vous l'avez assassinée ! m'écriai-je.

— Mesure tes paroles.

— Mais... vous aviez parlé de l'Amérique du Sud. Vous aviez dit...

— Vas-tu te taire à la fin ! As-tu perdu l'esprit ? Mets-tu mon autorité en question ? Tout ce qui est arrivé est entièrement ta faute. Si tu ne t'étais pas montré aussi stupide, rien de tout ça n'aurait été nécessaire. Sais-tu ce que contient cette enveloppe ? Assez de choses pour nous faire tous coffrer... toi, moi, notre client... tout le monde. Je voulais réellement l'expédier loin d'ici, Steven, mais ses premiers mots ont été pour me dire qu'elle avait pris une « assurance » – c'est le terme qu'elle a employé – contre nous. Il fallait bien que je découvre la nature de cette « assurance ». Mademoiselle a fait des difficultés, et comme je n'avais pas l'intention de passer toute ma journée avec elle, je l'ai emmenée en bas. Là, elle n'a pas été longue à retrouver sa langue, mais après, j'étais bien obligé de me débarrasser d'elle.

— C'était une enfant.

— Pas de sentimentalité. C'était peut-être une enfant, mais une enfant à l'esprit vif et rusé. Nous ne pouvions pas courir le risque qu'elle aille raconter sa petite histoire à un consul des Etats-Unis. Elle en savait trop long pour notre bien. Mais pourquoi en faire un plat ? Une personne de plus ou de moins sur la terre, quelle importance ? Les gens grouillent sur la surface de notre globe comme les asticots dans un fromage avancé. Qui se souciera de la disparition d'une petite mulâtresse ? L'important, c'est de détruire au plus tôt cette enveloppe. L'un de ses amoureux doit aller la prendre ce soir s'il n'a pas de nouvelle de la fille d'ici là. Tu vois combien c'est urgent. T'es-tu occupé du reste ? L'argent... les photostats ?

J'avalai ma salive.

— Je n'ai encore rien trouvé, dis-je en m'appuyant contre la porte.

— Tu devrais penser un peu plus à ton boulot et un peu moins à mes devoirs, Steven. Il est peu vraisemblable que Washington les ait confiés à quelqu'un ; tout doit être caché dans cette vieille baraque. Ta conduite dans la présente affaire est moins que brillante. Tâche de te racheter, mon garçon.

Et pendant que tu y seras, fouille donc aussi la chambre de la fille. On ne sait jamais ! Téléphone à Vernon dès que tu auras terminé. Au revoir.

Il raccrocha.

Lorsque je me retrouvai dehors, je m'aperçus que j'avais encore ma cigarette à la main. Je la regardai stupidement une bonne seconde avant de la laisser choir dans le caniveau. Elle atterrit près de la bague dorée d'un cigare, et de son extrémité rougeoyante continua à s'élever un petit filet bleu. Je le contemplai en me répétant: j'aurais dû faire quelque chose… j'aurais dû faire quelque chose.

38

Elle était bien là – une enveloppe grise enfouie sous une couche de branchettes pourrissantes. Dès que je fus dans ma chambre, je l'ouvris. Elle contenait mes notes en code avec une traduction élégamment tapée entre les lignes. Un second feuillet était épinglé à ce document. Un récit complet de tout ce qui s'était passé depuis le vol de la machine à écrire jusqu'à ma dernière conversation avec Thelma en remplissait le recto et le verso.

Je brûlai ces deux feuilles de papier dans la cuvette de mon lavabo. Lorsqu'il ne resta plus qu'un peu de cendres, je les écrasai et fis couler l'eau sur le résidu. Semblable à un serpent noir qui se glisse dans son trou, il disparut lentement dans le tuyau de descente. J'avalai deux bourbons coup sur coup et gagnai la chambre de Thelma.

Je frappai. Il n'y eut pas de réponse, et quand je tournai le bouton la porte s'ouvrit facilement. Je passai ma tête dans l'embrasure, m'attendant à voir Sunny, mais personne n'était là. Après avoir tourné la clé dans la serrure je commençai mes recherches.

La pièce était un fouillis de boîtes cartonnées, de sacs à provisions et de valises. Je débutai par une mallette de cabine. Vêtements, livres, disques, sacs à main, bijouterie en toc, deux raquettes de tennis et un choix de produits de beauté y étaient entassés. De là, je passai aux valises plus petites et aux boîtes en carton. Elles contenaient des gants de cuir – au moins deux douzaines de paires – des lunettes de soleil, des briquets, des réveils de voyage, un service en porcelaine de Limoges, des appareils photos, un jeu d'échecs en ivoire, des transistors, des bracelets-montres, des napperons de dentelle et même deux rasoirs électriques pour homme.

Sous le lit, d'innombrables paires de chaussures cachaient complètement le plancher. Le placard abritait dix-sept chapeaux et un certain nombre de robes et de manteaux. Je comptai neuf costumes de bain épars dans la pièce, et les chemises, petites culottes, blouses et sweaters emplissaient tant les tiroirs de la table de toilette que j'eus beaucoup de mal à les refermer.

Les sandales dorées se trouvaient sous le fauteuil, croisées l'une sur l'autre. Le cœur brusquement serré, je me hâtai de poursuivre mes investigations pour sortir au plus vite de cette chambre.

Sauf un journal personnel qui contenait seulement trois notes – datant toutes du début de l'année et entièrement consacrées à un garçon du nom de Victor – je ne vis rien qu'elle eût écrit. Deux lettres et une carte postale traînaient au fond d'un tiroir avec un texte polycopié exposant les buts d'une troupe allemande de recherche théâtrale. Il n'y avait pas d'autres papiers dans la chambre.

Pendant que je les parcourais, des exclamations montèrent de la cour. Je m'approchai de la fenêtre et jetai un coup d'œil à travers le rideau. Dudley Yonkers, qui tenait d'une main son feutre aux larges bords, venait d'atteindre le premier étage de l'échelle d'incendie et se préparait à monter plus haut. Je suivis sa manœuvre avec stupéfaction. Il se déplaçait très lentement et, invisible pour moi, Mme Igoe lui criait: « Attention, Dudley, attention! » J'aperçus alors Portobello à côté du vieux chêne. Soudain, Yonkers brandit son feutre et un oiseau au plumage jaune s'envola, décrivit deux cercles en battant rapidement des ailes et vint se poser sur une grosse pierre plate, non loin de Manny. J'entendis Yonkers grommeler « Merde ! ». Mon regard revint dans sa direction et je notai une expression de surprise sur son visage étroit. A ce moment, Mme Igoe s'écria « Oh ! » et Manny « Eh là ! » Je cherchai le canari des yeux. Il avait disparu mais, sur la pierre plate, Ralph – le chat brun – jouait méthodiquement des mâchoires. Je m'éloignai de la fenêtre.

Sur le siège du fauteuil j'aperçus un petit livre dont le titre, *Histoire de la Ville de New York*, était imprimé au-dessus d'une gravure sépia représentant un Hollandais et un Indien. Je l'ouvris et y trouvai un feuillet de papier jaune sur lequel était tracé en caractères maladroits *New York est la plus grande ville du monde entier à l'exception de Londre et de Tokio*. Un large espace vide suivait cette phrase, puis c'étaient des *Sunny Buchanan… Sunny Buchanan… Sunny Buchanan* jusqu'au bas de la page.

Je reposai le livre sur le fauteuil et partis téléphoner à Vernon.

39

A dix heures et demie ce soir-là, Axel vint m'inviter à prendre une tasse de café chez lui. Comme toute mon activité se bornait à contempler alternativement la pente du parquet et le papier abricot des murs, je me levai pour le suivre. Le vieil homme était visiblement tourmenté. Il se trompa de touche sur le clavier de sa M.A.B.U.G., la radio éclata dans mon oreille, et je faillis en mourir de frayeur. Quand les deux tasses de café fumant s'avancèrent enfin sur la courroie plate, Shadmeister m'arrosa les pieds avec la plus grande partie de la mienne en me l'offrant.

— Je vous demande pardon, monsieur Pierglass, ce sont mes nerfs, dit-il de sa voix de ténor fêlée. Savez-vous que la petite a aussi disparu ?

— Qui donc a disparu, Axel ? demandai-je en feignant de ne pas comprendre.

Il se tordit les mains.

— Miss Johnson. Et avant elle George Washington. Personne n'a vu ce dernier depuis mercredi matin, ce qui fait près de quatre jours. Rien de semblable ne lui est jamais arrivé au cours des huit années de son séjour dans cette maison. Et à présent, Sunny m'annonce que Miss Johnson n'est pas rentrée ; elle lui avait pourtant promis de l'emmener voir un film à onze heures et demie ce matin, un dessin animé pour les enfants. Et elle est toujours absente. Que dites-vous de ça ?

— Il existe sûrement une explication, lui assurai-je. Vous savez, les locataires de pensions comme celle-ci changent facilement de domicile. Il n'y a pas lieu de s'alarmer.

— Vous croyez ? Mais c'est tout de même effrayant. Quand on arrive à mon âge on aime que les choses suivent leur petit train-train habituel, et tout événement imprévu nous bouleverse.

Il se mit à aller et venir dans la pièce encombrée ; il évitait les tuyaux en matière plastique sans même s'en apercevoir.

— Cette fille est jeune, dis-je. Elle a probablement oublié sa promesse. Quant à George, c'est un garçon très averti. Il ne peut rien lui arriver de fâcheux, et c'est stupide de vous inquiéter.

Shadmeister s'arrêta devant l'établi. Au-dessus de l'auréole grise que la masse de ses cheveux formait autour de sa tête, je vis le mot *DYNAMITE* inscrit en rouge sur une boîte métallique. A côté, se trouvait une caissette de bois sur laquelle était imprimé au pochoir *Danger. Détonateur électrique*. Où diable le vieux fou s'était-il procuré ces articles ? Ça n'aurait pas été plus dangereux de les vendre à un gamin de dix ans.

— Oui, oui, répondit-il en se grattant la jambe, je suis sûr que vous avez raison, mais c'est quand même énervant. Et puis l'assistante sociale doit revenir mardi au sujet de Sunny. Si Miss Johnson n'est pas de retour à ce moment-là, je ne sais pas ce que nous ferons.

J'avalai une gorgée de café bouillant, dans l'espoir que la tasse dissimulerait mon visage. J'avais pensé à Sunny tout le temps que j'étais resté dans ma chambre.

— Ce soir, elle va dormir avec Mme Watkins, continua Axel, mais mardi...

— Thelma sera de retour bien avant ce jour-là, l'interrompis-je. Où en êtes-vous de vos inventions ?

Son visage s'éclaira.

— Je suis en train de construire une petite turbine hydraulique. Le travail, monsieur Pierglass, est le seul remède à l'inquiétude. Je m'en suis bien aperçu cet après-midi ! Elle ressemblera beaucoup à une machine de ce genre que j'ai vue lorsque j'habitais avec la famille de ma femme, non loin de Tamale. C'était l'œuvre d'un Anglais, m'a-t-on dit. Mon intention est de la mettre sur l'évier, l'eau du robinet fera tourner ses pales. Elle ne sera pas d'une grande puissance, bien entendu, mais combinée avec un volant à torsion que j'ai en tête…

J'écoutai le vieil homme continuer ses divagations. Sa compagnie n'était pas très drôle, mais elle valait bien les quatre murs de ma chambre.

40

Le lendemain matin j'allai inspecter la cour. Je voulais vérifier si la terre n'avait pas été fraîchement remuée dans un endroit quelconque quand, du coin de l'œil, je vis Yonkers se pencher hors de sa fenêtre pour mieux m'observer. Je feignis de ne pas voir son manège. Le sol ne paraissait pas avoir été touché par une bêche depuis au moins cinquante ans, et sa dureté approchait celle du granit ; à part le vieux chêne, rien n'y poussait plus. Au bout du terrain, un hangar ouvert à tous les vents s'adossait à la barrière délabrée. J'en visitai l'intérieur que je trouvai vide avec un sol aussi dur que celui de la cour.

— Vous avez perdu quelque chose ? me cria Yonkers.

Je levai les yeux vers lui. Il n'avait pas mis son râtelier, ce qui donnait à sa bouche un curieux aspect concave.

— Non, répondis-je. Simple curiosité, et puis je prends un peu d'exercice.

— Etrange... étrange, murmura-t-il en me fixant d'un air soupçonneux. Mais depuis quelque temps, les locataires de cette pension se conduisent de façon étrange. Tout a commencé avec Buchanan. Ensuite Washington a disparu. Maintenant, c'est le tour de cette fille.

L'absence de fausses dents renforçait son accent britannique.

— Nous avons examiné la chambre de George, hier, déclara-t-il après un petit silence.

— Elle contenait des choses intéressantes ?

— Ma foi, un petit détail nous a frappés.

— Un petit détail ? répétai-je, soudain très attentif.

— L'empreinte d'une semelle !

Un large sourire mit ses gencives édentées en évidence, puis il précisa :

— Et selon vous, quelle signification aurait cette trouvaille ? demandai-je en cachant ma déception.

— Je n'en sais rien, mais elle en a certainement une.

— Pourquoi ?

— Parce que les gens n'ont pas l'habitude de marcher sur des surfaces verticales ! Vous êtes un peu épais, ce matin, Steven. Plus encore que d'habitude.

Il s'accouda sur le rebord de la fenêtre et contempla le paysage d'un air absent ; ses yeux jaunes faisaient penser à des agates. Je repris ma promenade autour de la cour.

— Il y a quelque chose d'extraordinaire et de mystérieux dans ces deux disparitions, reprit Yonkers après un long silence. Surtout si on les rapproche de certains autres faits.

— Quels faits ?

— Votre exploration de la cour, par exemple.

— Il n'y a là rien de mystérieux, Dudley. J'ai donné un coup d'œil au hangar en passant, c'est tout.

— Oui, un simple coup d'œil, murmura-t-il comme s'il se parlait à lui-même. Vous avez tous vos bizarreries particulières. La logeuse avec ses canaris, Chase, le jeune Davy, vous. Et bien entendu, Axel Shadmeister. Personne n'est normal dans cette maison. Sans oublier Manuel Portobello avec ses prostituées. Une pareille conduite chez un homme de son âge ! La prostitution est un adultère adultéré… toutes les putains que j'ai connues servaient leur cupidité plutôt que Cupidon.

Son rire caquetant rompit le calme de la matinée dominicale et, à présent épanoui, il répéta :

— Leur cupidité plutôt que Cupidon ! Voilà une formule qui fera bien dans ton cahier, Dudley. Mais malgré tout, l'argent n'est pas à dédaigner. Dans mon enfance, à La Barbade, j'ai vu ce que les grosses fortunes permettaient à leurs possesseurs. Les Blancs ne manquaient de rien, mais les gens de couleur menaient un autre genre d'existence. N'est-il pas curieux d'appeler les Noirs des gens de couleur quand le noir est précisément l'absence de couleur ? Ce sont les Blancs qui sont réellement des gens de couleur, puisque le blanc résulte dé la combinaison de toutes les couleurs ! Saviez-vous cela, mon garçon ? Probablement pas. Mais avec une grosse somme d'argent convenablement utilisée, on pourrait réaliser de grandes choses.

Il se tut et parut réfléchir puis, comme sortant d'un rêve, il s'écria :

— Mais je ne peux pas vous écouter toute la journée, j'ai du travail. Ce matin j'en suis à Esope.

— C'est fort intéressant, dis-je, intrigué par son allusion à de grosses sommes d'argent.

— Oui. Et après Esope, je m'occuperai de La Fontaine, le Français. Mais vous ne trouverez rien dans cette cour, Steven, vous perdez votre temps !

Il avait prononcé cette dernière phrase avec une flamme rusée dans le regard, et referma aussitôt la fenêtre.

Je fis encore deux ou trois fois le tour du vieil arbre en réfléchissant à ce que je venais d'entendre, puis rentrai dans la maison.

41

Pour ma visite à la cave, je pris une valise qui servirait de prétexte si quelqu'un m'apercevait. Il y avait un commutateur près de la porte, mais, quand je l'eus manœuvré, seule une faible lueur troua l'obscurité. Je descendis prudemment les marches de bois tandis qu'une odeur de moisi me picotait les narines. Le sol était de terre battue. Les murs, qui formaient les fondations de l'édifice, étaient en pierre meulière, et deux piliers semblaient soutenir le plafond. On avait blanchi les murs à la chaux... mais il y avait longtemps.

Une chaudière et un fourneau protégés par des feuilles d'amiante occupaient l'un des coins, à côté d'un compartiment à charbon vide. Des chaises brisées s'entassaient dans une autre partie de la cave. Près d'elles, une caisse en voliges, qui contenait des bocaux à conserves et de vieux magazines. Une cantine portant l'inscription *Dudley A. Yonkers* tracée au pochoir sur le couvercle était placée contre la muraille.

Je furetai autour du fourneau et du compartiment à charbon sans rien noter d'intéressant. Une petite porte percée dans l'un des murs donnait sur la cage du monte-plats. Sous l'escalier se trouvaient des instruments de jardinage rongés de rouille. Je leur accordai d'abord un regard distrait, puis des traces d'argile fraîche sur la bêche m'arrachèrent soudain une exclamation.

Mes yeux firent aussitôt le tour de la cave. La pile de vieilles chaises me parut être l'endroit convenable, mais je constatai en m'en approchant qu'on ne les avait pas dérangées depuis des siècles.

Mon attention se porta ensuite sur la cantine et un détail me revint à l'esprit : au cours de la soirée d'anniversaire, Dudley s'était plaint qu'on l'eût déplacée à son insu. En me penchant, je constatai qu'elle n'était pas fermée à clé et j'en soulevai le couvercle. Un vieux ciré, un cardigan mangé aux mites et deux ou trois chemises effrangées en constituaient tout le contenu. Il faisait assez sombre dans ce coin, mais le sol ne me parut pas avoir été remué autour d'elle. Regrettant de ne pas m'être muni d'une torche électrique, je la déplaçai. La partie du sol ainsi dégagée était vierge de coups de pioche, mais, à présent éclairé, le terrain qui se trouvait derrière avait l'aspect d'une petite tombe. Une petite tombe très récente. J'allai chercher la bêche et me mis à l'ouvrage.

Au bout d'un quart d'heure, j'avais enlevé toute la terre meuble et même agrandi le trou primitif, et le seul résultat de mes efforts fut la trouvaille d'un cintre à vêtements rouillé. Quel que fût le mystérieux objet qu'on y avait enterré, il s'était envolé depuis peu.

A la fois déçu et intrigué, je repoussai la terre dans le trou et remis la cantine en place.

42

Je passai le dimanche après-midi dans un petit cinéma de la Troisième Avenue, mais je serais bien en peine de dire ce qu'on projetait sur l'écran. D'autres pensées occupaient mon esprit et, ce que j'avais payé à la caisse, c'était la jouissance de quelques moments de solitude, dans l'obscurité. A cinq heures et demie je me retrouvai dehors ; j'étais arrivé à la conclusion que George, soupçonnant quelque chose d'anormal, avait transféré son butin ailleurs. Oui, mais où ?

Je dînai un peu plus tard, puis je repris le chemin de la pension. Miss Butler et Mme Igoe se trouvaient dans la véranda, et l'ex-chanteuse me demanda en m'apercevant :

— Avez-vous vu Dudley, monsieur Pierglass ?

— Dudley Yonkers ? Oui, ce matin, répondis-je.

Miss Butler hocha la tête si vigoureusement que la chair de ses joues en tressaillit et s'écria :

— Ah, ce matin ! Mais l'avez-vous revu depuis ?

— Non, pourquoi ? Aurait-il disparu lui aussi ?

— Oui, justement, répliqua l'ennemie jurée de l'alcool. Il n'est plus là.

— Il est sans doute sorti. Il ne doit pas être loin.

— Mais il ne va jamais nulle part, intervint Mme Igoe, dont les grands yeux gris étaient infiniment tristes.

— Il va parfois chez sa fille, dis-je.

— Jamais le dimanche, protesta Miss Butler. Ni quand les enfants ont congé. Il ne mène pas une vie de débauche... comme certaines personnes que je ne nommerai pas. Alors, où est-il ? J'aimerais bien le savoir !

Je haussai les épaules, et je montai dans ma chambre.

43

Ma besogne à la cave m'avait laissé le dos douloureux, mais l'exercice m'avait probablement fait du bien car je dormis comme un loir. Le lendemain, je m'offris une petite balade en voiture jusqu'aux collines de Peekskill avec l'idée qu'un changement de décor stimulerait mon imagination ou, du moins, atténuerait mon cafard. Aucun de ces deux objectifs ne fut atteint.

A mon retour, vers quatre heures, j'aperçus la bagnole de sport bordeaux de Vernon Vilcy garée dans la rue. Une place était libre derrière et je m'y rangeai à mon tour.

Vernon était seul dans l'auto ; une rage folle contractait ses traits bronzés.

— Qu'est-ce que tu as foutu toute la journée ? lança-t-il d'une voix cinglante. Il y a deux heures que je fais le pied de grue ici.

— Que se passe-t-il ? demandai-je.

— Il doit te téléphoner à cinq heures. Je craignais que tu ne t'amènes pas à temps. Et c'est d'une importance capitale.

— Qu'est-ce qui est encore arrivé ?

— Je ne sais pas. Il ne m'a rien dit.

Le regard de ses yeux opale et laiteux se déroba une seconde et je sentis qu'il mentait. Il poursuivit :

— Tu prendras la communication dans la cabine de chez Donaldson. Cinq heures tapant.

— D'accord.

— Bon. Et ça c'est pour toi.

Il me tendit une grosse enveloppe. Elle contenait un objet lourd et dur. Je suivis les contours de l'objet avec mes doigts et, brusquement pris de peur, je m'écriai :

— Que veut-il que je fasse de ça ?

— Il te le dira à cinq heures.

— Mais ce n'est pas mon genre de boulot !

— Du calme, petit. Et pour l'amour du ciel, ne le tripote pas comme ça, je ne tiens pas à recevoir une bastos dans le ventre. J'ai déjà mon plein d'emmerdements, tu sais. D'abord ma bursite, ensuite ce salopard de nègre, et pour finir la fille. Tu peux dire que tu nous as mis dans un joli pétrin avec cette petite garce.

— Peut-être. Mais lui, il l'a tuée.

— Et alors ? Il ne pouvait pas faire autrement.

Je défis l'agrafe qui fermait l'enveloppe et l'entrebaîllai : la gueule noire d'un revolver à canon court parut me fixer de son œil de cyclope.

— Pourquoi me colles-tu ça ? Que dois-je faire avec ?

— Je te l'ai dit, je l'ignore.

— John sait bien que je ne m'occupe pas de ce genre de travail. D'ailleurs l'affaire est pratiquement terminée.

— Ne te tracasse pas d'avance, tu n'auras peut-être pas à t'en servir.

— Ce n'est pas mon intention, dis-je avec chaleur. Il a des spécialistes pour ça, je n'ai rien d'un garçon boucher, moi !

— Un garçon boucher ? C'est pour moi que tu dis ça ? fit-il d'un ton coupant comme un rasoir. Vois-tu, Steve, tu es le seul d'entre nous qui ait ses entrées là-bas. (Du menton, il désigna la pension Igoe.) Et comme c'est entre les quatre murs de cette baraque que le travail en question devra s'exécuter, te voilà obligé, pour une fois, de faire le garçon boucher! D'ailleurs, avec cette bursite qui me coupe les jambes, il me serait impossible de t'aider. John a dit que tu le ferais... et tu le feras. Pourquoi renâcler, vieux, puisque tu finiras bien par obéir?

Je serrai les dents. La sueur coulait le long de mon échine et, à l'intérieur de cette petite voiture, l'atmosphère me parut soudain épaisse comme de l'ouate. L'espace d'une seconde j'eus la folle envie de décharger l'arme sur Vernon, mais je me ressaisis et demandai:

— Je peux savoir qui je dois descendre?

— Combien de fois faudra-t-il te répéter que je l'ignore. As-tu déjà utilisé une arme de ce genre?

— Je n'ai jamais eu qu'un calibre 45 de l'armée.

— Celui-ci est cent fois mieux. C'est un Smith et Wesson qui marche pour ainsi dire tout seul. Le cran de sûreté est à l'arrière de la crosse. Tu vois? Quand tu le presses, cette partie-là rentre et l'arme est prête à fonctionner. Si tu cesses d'appuyer, elle se bloque. Aucun accident à craindre: tu pourrais la mettre entre les mains d'un bébé pour qu'il s'amuse avec. Et elle possède ce qu'ils nomment un chien intérieur. Tu peux donc tirer à travers ta poche sans l'accrocher à la doublure. Ce genre d'incident est très désagréable. (Un mince sourire parut sur les lèvres de Vernon.) Ça m'est arrivé une fois à Duluth. Impossible de dégager le revolver et j'avais une peur bleue de me loger une balle dans le pied. Heureusement, j'avais un copain avec moi. (Il éclata de rire et me tapa sur le genou.) Te fais donc pas de mauvais sang, petit! C'est un calibre 38. Il te suffira d'appuyer deux fois sur la détente et ce sera fini. Mais assure-toi tout de même que ton bonhomme est bien mort. Et je te le répète, tu n'auras peut-être pas besoin de t'en servir.

— Vernon... commençai-je.

Je m'arrêtai, cherchai des mots assez convaincants, puis repris :

— Je ne suis qu'un amateur. On me charge d'un travail de professionnel. Je ne peux pas…

Vernon me coupa la parole.

— Voyons, Steve, ce qu'on te demande est simple comme bonjour. Tu vises et tu tires… c'est tout. Et ne t'inquiète pas du bruit. Il y a des gars qui se mettent à trembler quand ils entendent la détonation, mais tu n'imagines pas le vacarme que tu peux faire sans que personne ne pose de questions !

— Mais après… qu'est-ce que je fais ?

— Essuie l'arme avec soin, remets-la dans l'enveloppe et descends jusqu'au port. Là, tu sautes dans le bac. Quand il sera au milieu de l'eau, choisis le moment où personne n'a l'œil sur toi et vide l'enveloppe dans la flotte. Après ça, donne-moi un coup de fil et je t'arrangerai un alibi.

Je demeurai une longue minute immobile, puis j'ouvris la portière et sortis de la voiture.

— Surtout, n'aie pas la trouille, me dit Vernon avec un petit rire. Laisse ça à l'autre type. Le moment venu, tu verras comme c'est facile. Aussi facile que de violer une femme. Seulement, fais attention qu'il n'y ait pas de témoins, Stevie.

— Au revoir, dis-je en claquant la portière.

L'enveloppe bien serrée sous mon bras, je traversai la rue.

44

Le restaurant Donaldson perche dans Lexington Avenue, près de la Quarante-sixième Rue, et je dus attendre une minute ou deux dans la cabine avant d'entendre la sonnerie.

— Quel tour de cochon m'as-tu joué ? entendis-je dès que j'eus décroché l'appareil.

— Je ne sais pas ce que vous voulez dire, John. Que se passe-t-il ?

— Tout simplement que tu t'es trompé de bonhomme, espèce de crétin ! Le vrai s'est payé ta tête et, par la même occasion, la mienne.

— Je ne comprends pas, balbutiai-je.

— Non ? Eh bien alors, écoute. Cet après-midi, notre client a reçu un coup de téléphone – devine un peu de qui – demandant pourquoi la somme n'avait pas été versée.

Mon cœur se mit à battre trop vite.

— Un complice, dis-je doucement.

— Non, non, c'était bien la même voix. Vraiment, tu ne comprends pas ? Washington n'était pour rien dans cette affaire. Le maître chanteur est l'un des autres, et tu t'es fait avoir. Imbécile… abruti… crétin !

La voix de John devenait de plus en plus aiguë. Il s'arrêta sur une dernière injure et je l'entendis haleter dans l'appareil. Un tremblement nerveux agitait mes doigts autour du combiné. J'aurais dû dire quelque chose, je le savais, mais mon cerveau refusait de fonctionner.

— Tu t'es laissé duper, reprit John d'un ton plus calme. Tu as été aveugle et négligent. Stupide surtout. Je me fiais à toi, Steven, et tu m'as mis en mauvaise posture devant mon client. Il est furieux et m'a dit des mots très durs auxquels je ne pouvais rien répondre. C'est une chose que je n'oublierai pas.

La voix de John reprenait graduellement ses inflexions doucereuses, sans être moins menaçante pour cela.

— A présent, enchaîna-t-il, tu vas réparer les dégâts causés par ta bêtise. Tu vas terminer toi-même l'affaire... et sans commettre d'erreur, cette fois.

— Je suis désolé, John. Je n'y comprends rien. Tout désignait Washington... le coup de téléphone que lui seul pouvait donner à cette heure-là... l'histoire de la fillette violée. Qui d'autre pourrait-ce être ?

— Comment le saurais-je ? Je n'ai pas vécu parmi eux comme toi ! Washington a sans doute raconté cette histoire bien des fois avant cette soirée, et l'un de ses récits donnait probablement des précisions sur la difformité du jeune Blanc. L'un de ses auditeurs, se rappelant la photo d'un homme politique affligé de la même malformation physique, sera parti de là pour monter sa petite affaire. Tout devient très clair comme ça. Quant au coup de téléphone, n'y avait-il pas un autre locataire noir absent de la pension à dix heures trente ?

— Si, Yonkers.

— Eh bien nous y voilà ! Vernon t'a remis l'enveloppe ?

— Oui.

— J'espère que tu en feras bon usage. Et si tu n'arrives pas à décider lequel de ceux qui restent est le bon, expédie-les tous les trois. Tu m'entends bien, Steven ? Descends-les tous. Notre client a réussi à gagner du temps. Nous avons jusqu'à mercredi midi. Cela doit suffire, mais mieux vaut ne pas perdre une minute…

— Mais supposez que la chose soit impossible, protestai-je malade d'appréhension. Supposons que je ne puisse pas…

— Pourquoi toutes ces suppositions pessimistes ? Supposons… supposons. Supposons que je te casse la figure ? Supposons que je donne l'ordre de te faire clouer à la porte de ma grange ou que je te fasse passer un tracteur sur le corps ? Il existe un joli mot allemand – *schadenfreude* – qu'on peut traduire par « la joie d'infliger la souffrance ». Après ce que tu m'as fait, mon cher, je serais justifié de m'accorder un plaisir de ce genre à tes dépens. Tes services passés seuls me retiennent. Quand ta besogne sera terminée, donne un coup de fil à Vernon.

— Entendu, John, je vais faire le nécessaire, dis-je avant de m'être rendu compte qu'il venait de raccrocher.

45

En tournant le coin de la Huitième Avenue, je tombai sur Calvin Davy ; j'essayai de l'éviter, mais il me cria :

— Salut, Steve ! Ça boume ?

A voix plus basse, il ajouta :

— Dis-donc, tu voudrais pas t'offrir un renard ?

— Un renard ? répétai-je d'une voix éteinte.

— Vouais.

— Et j'en ferais quoi, de ce renard ?

— Ce que tu ferais avec ? Mais tout ce qui te passerait par la tête, mon vieux. (Une lueur amusée brilla dans son regard ; il précisa :) Dans certaines limites, tout de même !

— Il s'agit d'une fourrure ? demandai-je en fronçant les sourcils.

— Une fourrure !

Calvin éclata de rire et, dans sa joie, exécuta un petit pas de danse :

— Une fourrure ? Ça, c'est la meilleure ! Attends que je raconte ça aux copains, ils se dilateront la rate ! Un renard, c'est pas une fourrure, mec, c'est une poule. Une poulette, si t'aimes mieux. Ou une pouliche si tu préfères[1]. Mais ne

1. Un renard (*a fox*), dans l'argot des Noirs américains, est une jolie fille vive et gaie. Le boxeur Cassius Clay qui aime employer ce mot l'a rendu populaire (N. *du* T.).

nous égarons pas : tu prends celle-ci ? Elle est vierge, ou presque. D'ordinaire, son prix c'est cinquante dollars, mais je peux te l'avoir pour vingt. Elle restera deux heures avec toi, et tu sais, vieux, t'en auras pour ton argent !

— Non, dis-je en m'éloignant très vite.

Chase et Portobello étaient assis dans la véranda, l'air soucieux. S'ils parlaient avant mon arrivée, ils se taisaient à présent. Je m'assis près d'eux sans ouvrir la bouche, regardai les rayons du soleil peindre des lueurs orange dans les fenêtres de la maison d'en face. Mais trop de pensées désagréables me rongeaient, et je finis par demander du ton le plus naturel que je pus :

— Yonkers est de retour ?

— Non, dit Manny en tapotant le plancher avec ses souliers pointus. Red et moi on l'a attendu hier soir, mais il ne s'est pas montré.

— Oui, ajouta Chase, il faisait déjà jour quand nous nous sommes couchés. J'ai cru l'entendre monter les marches à deux reprises, mais quand j'ai ouvert la porte de ma chambre, il n'y avait personne. J'ai dû rêver.

— Nous sommes allés faire un tour dans sa chambre, reprit Portobello. Toutes ses affaires sont là. Claudette a téléphoné à sa fille, mais il n'était pas chez elle non plus. La pauvre gosse est dans tous ses états. Elle parle d'aller trouver la police, et je crois qu'elle s'y décidera si les hôpitaux ne donnent rien. Il a peut-être eu une crise cardiaque. L'autre jour, il a fait toute une gymnastique sur l'échelle d'incendie pour attraper le canari de Claudette, mais il a beau être encore vif, il n'a plus vingt ans.

— Une crise d'amnésie ? suggéra Red d'un ton morne.

Le compositeur haussa les épaules.

— Yonkers... George... Thelma, c'est une épidémie, dit-il. Que pensez-vous de tout ça, Steve ?

— C'est incompréhensible, répondis-je. Je n'ai jamais rien

vu de pareil. J'ai encore bavardé avec lui hier matin, et il m'a paru en excellente forme. Quelqu'un l'a-t-il vu partir avec une valise ?

— Non. Personne n'a remarqué son départ.

Manny frappait rythmiquement le bras de son fauteuil avec un programme de courses pour accompagner le mouvement de ses pieds, et ce bruit commençait à m'exaspérer.

— Toutes ces disparitions, moi ça me dépasse, déclara Red Chase en passant des doigts jaunis par la nicotine dans sa tignasse roussâtre. On vous a dit que Miss Butler allait déménager, Steve ?

— Non.

— C'est vrai pourtant; elle a loué une chambre dans Lenox Avenue. Elle prétend que cette maison est hantée et qu'elle porte malheur à ses habitants.

— Oui, elle raconte que quelqu'un a jeté un sort sur la pension, expliqua Manny avec un sourire peu rassuré. Un sorcier vaudou, peut-être. Mais tous ces départs vont faire une brèche dans les finances de Claudette.

La conversation tomba. Bientôt les deux hommes s'en allèrent dîner, tandis que je montais dans ma chambre.

46

Yonkers, Yonkers, Yonkers, murmurai-je en m'adressant à mon mur abricot. Qu'était-il devenu ? Parti pour toujours, vraisemblablement.

Il avait dû prendre peur en me voyant faire des recherches dans la cour. Depuis le début, son comportement m'avait paru étrange, et je n'oubliais pas ses allusions à de grosses sommes d'argent dans son monologue de l'autre jour... de grosses sommes qui apportaient la puissance.

Sur le moment, je m'étais demandé s'il n'avait pas découvert l'endroit où George cachait ses deux cent mille dollars. A présent, ses paroles prenaient un sens bien différent.

Mais comment avait-il pu sortir de la maison sans que nul s'en aperçoive ?

Yonkers, Yonkers, Yonkers. Maintenant, tout paraissait tellement clair. Dudley possédait une intelligence subtile. Le pauvre George n'aurait jamais été capable de combiner cette affaire. Yonkers, lui, était assez au courant de ce qui se passait dans le monde pour retrouver l'homme politique, demander les pièces au tribunal et se faire ouvrir un compte en banque.

Ma tâche primordiale était de fouiller sa chambre. Il fallait découvrir au plus vite l'indice qui me mènerait à sa retraite. Si je n'y réussissais pas...

Mon esprit refusa d'envisager cette sinistre possibilité.

47

A minuit, je m'engageai dans l'escalier descendant au premier étage pour m'arrêter presque aussitôt. Entre les barreaux de la rampe, je venais d'apercevoir la porte de Miss Butler grande ouverte. Tout près du seuil, la vieille demoiselle procédait fiévreusement à l'empaquetage de ses effets personnels.

Je battis en retraite.

Une demi-heure plus tard, je repartis en reconnaissance et trouvai la vieille fille toujours occupée. Je me rendis compte que si je laissais ma porte légèrement entrebâillée, le bruit de ses mouvements parvenait jusqu'à moi. Je m'assis près du battant à moitié ouvert, éteignis l'électricité et attendis qu'elle aille se coucher.

A deux reprises, j'entendis des portes s'ouvrir et se fermer et, une autre fois je perçus des pas dans le couloir, mais Miss Butler continuait infatigablement sa besogne. A une heure et quart, je lui suggérai en esprit d'aller retrouver son lit. Sans succès et, un peu plus tard, ce fut moi qui cédai au sommeil.

Malgré l'incommodité de ma position, bizarrement, je dormis bien, mais une partie de moi-même dut rester vigilante car un bruit léger m'éveilla soudain. Ce son était si ténu que je fus incapable de l'identifier lorsque mes yeux s'ouvrirent.

Je prêtai attentivement l'oreille, mais le silence le plus complet régnait à présent dans la maison. Il était une heure moins vingt.

J'allais quitter ma chaise et gagner l'escalier quand le bruit étouffé se produisit encore, puis se répéta trois ou quatre fois de suite. C'était une sorte de son feutré semblable à celui que feraient les pas rapides d'un gros animal ou d'un homme se déplaçant pieds nus. Je passai la tête dans le couloir et aperçus une ombre gigantesque sur le mur de l'escalier qui montait au premier étage. Une ombre monstrueuse non seulement par sa dimension, mais aussi par sa forme étrange. Je clignai plusieurs fois des yeux. Ce qui produisait cette ombre se trouvait plus bas, hors de ma vue. La grotesque silhouette se déplaçait par saccades le long du mur, accompagnée par le bruissement feutré.

Je me levai silencieusement, écartai la chaise et sortis dans le couloir. Un faible grognement monta du premier étage. Me tenant tout près de la muraille pour éviter le plus possible de faire craquer les marches, je me mis à descendre. Une bizarre odeur parvint à mes narines. Une odeur douceâtre, fétide, et vaguement maléfique.

Soucieux de ne pas être découvert, je réglai mon allure sur celle de la créature inconnue. Comme elle prenait l'escalier du rez-de-chaussée, je vis son ombre se dessiner pour la seconde fois sur le mur, sans comprendre davantage de quoi il retournait. On aurait dit qu'elle avait quatre bras. Arrivé devant la chambre de Red, je fis halte. Je m'attendais à entendre la porte d'entrée s'ouvrir et la créature sortir dans la nuit. Il n'en fut rien. Les pas feutrés hésitèrent quelques secondes, il y eut un autre grognement, puis ils prirent la direction de la cave.

Je me hâtai de descendre, mais à l'avant-dernière marche, je glissai. Ma main vola instinctivement vers la rampe, s'y agrippa, et je réussis à reprendre mon équilibre… non sans avoir fait un certain vacarme. Je retins mon souffle et prêtai l'oreille. J'entendis encore une fois le bruit de pas, maintenant étouffé comme s'il me parvenait à travers la porte de la cave.

Mon cœur battait à grands coups. Je regrettai de ne pas avoir emporté le revolver, mais je remplis mes poumons de cet air à l'odeur si particulière et, me disant que tout ce mystère allait sans doute s'expliquer de la façon la plus simple, je repris ma marche vers l'entrée de la cave. Là, j'eus beau écouter, je n'entendis plus rien. Je tournai doucement le bouton et poussai la porte. L'odeur fétide, à laquelle se mêlait maintenant un relent de moisi, me suffoqua presque et j'aperçus en bas les pierres meulières du mur, blafardes dans la clarté de l'unique ampoule. Je mis le pied sur la première marche, et à ce moment un objet assez dur me dégringola sur le crâne. Une lueur verte fulgura derrière ma rétine, je flageolai sur mes jambes, et je sentis que je tombais en avant.

Chose curieuse, ce fut cette chute qui m'empêcha de perdre connaissance. Je rebondis de marche en marche, les coudes écorchés, les côtes meurtries, les tibias éraflés, et quand je m'immobilisai enfin au bas de l'escalier, j'étais suffisamment lucide.

Là-haut, la porte de la cave était toujours ouverte, mais mon agresseur ne s'y trouvait plus. Je réussis à regagner le rez-de-chaussée en faisant une partie du voyage à quatre pattes. J'eus alors la vision fugitive d'une paire de pieds nus très foncés qui galopaient vers le premier étage ; leur plante était beaucoup plus claire dans la pénombre.

Je fis un pas en avant, découvris que mes jambes vacillaient sous moi, et pris le parti de m'asseoir par terre.

Le claquement des pieds nus dépassa le premier étage et devint de moins en moins perceptible, mais je n'aurais pu dire s'il s'arrêtait au second ou continuait plus haut.

J'attendis qu'une porte se ferme, mais aucun son de ce genre ne me parvint.

D'un instant à l'autre, pensai-je, Mme Igoe va surgir et me demander les raisons de tout ce vacarme. Je me remis debout, mal assuré d'abord sur mes jambes, et me tâtai le crâne. Je le trouvai douloureux ; une bosse commençait à se former. Rien ne bougeant dans la maison, je redescendis l'escalier de la cave et regardai autour de moi.

La cantine avait encore changé de place et, au beau milieu du trou rouvert, était assis Dudley Yonkers. Les lèvres tordues par un rictus, les sourcils froncés, il fixait sur moi le regard dédaigneux de ses yeux jaunes.

Malgré moi je fis un pas en arrière, puis j'aperçus le manche d'un pic à glace enfoncé dans son cou maigre, et sa pointe qui ressortait de l'autre côté.

48

J'aurais dû examiner le cadavre... vérifier le contenu de ses poches... inspecter les lieux. Oui, bien sûr, j'aurais dû faire toutes ces choses, mais je n'avais qu'une idée : fuir la cave au plus vite.

Dès que j'eus atteint ma chambre, je coinçai le dossier d'une chaise sous le bouton de la porte et posai le revolver sur la table, à portée de ma main. Ces précautions prises, je m'envoyai coup sur coup deux bourbons secs et allumai une cigarette avec des doigts qui tremblaient encore.

Ma montre indiquait une heure du matin, mais le sommeil était hors de question. Ma tête me faisait mal, la chute le long des marches m'avait contusionné, et un certain temps s'écoula avant que je puisse rassembler mes idées.

Je savais maintenant pourquoi personne n'avait vu Yonkers quitter la maison, mais que s'était-il passé exactement, pourquoi l'avait-on tué ? Et sa disparition remontait au dimanche précédent. Nous étions mardi matin... Où se trouvait-il dans l'intervalle ? Je pensai soudain à la curieuse odeur et j'eus envie de vomir. On avait dû fourrer son cadavre dans un placard ou sous un lit jusqu'à tout à l'heure. Le monstre aux quatre bras, c'était Yonkers qui faisait son dernier voyage sur le dos de l'assassin. Je frissonnai. Avec moins de chance, je serais en ce moment à côté du pauvre Dudley, l'œil figé dans l'ombre.

Un nouveau verre m'aida à calmer mes nerfs. Voyons, me dis-je, que reste-t-il à présent comme suspects ? Manny et Calvin. Pourtant ni l'un ni l'autre ne pouvaient être le maître chanteur, tous deux se trouvaient à l'intérieur de la pension à l'instant où celui-ci avait téléphoné de la Vingt-quatrième Rue. Ça ne collait pas. John m'aurait-il transmis un renseignement inexact ? Le coup de téléphone provenait-il d'ici, et une erreur avait-elle été commise quand on avait voulu repérer son origine ? Je pensai aux pieds aperçus dans l'escalier. Cette partie de l'individu a un aspect très personnel, et j'étais certain de les reconnaître si je les revoyais. Mais comment persuader Davy et Portobello d'ôter devant moi souliers et chaussettes ?

Vers quatre heures du matin, des sons étranges parurent sortir du mur. Si je ne termine pas cette affaire au plus vite, pensai-je, je suis bon pour le cabanon !

Pourquoi avait-on tué Yonkers ? Querelle entre voleurs ? Ou bien aurait-il fait une découverte dangereuse pour le maître chanteur ? Cette dernière hypothèse semblait la plus vraisemblable. Supposant qu'il ait appris quelque chose, ne l'aurait-il pas immédiatement noté sur son fameux journal ?

Cette idée s'empara de mon esprit, et je ne cessai de la retourner dans tous les sens tandis que la nuit s'écoulait lentement. A cinq heures, le soleil se leva et les moineaux se mirent à piailler au dehors. Manny ? Calvin ? Fallait-il les tuer tous les deux ?

Et quand allait-on découvrir le cadavre de Yonkers ?

49

A dix heures, un grand nègre arriva dans une vieille camionnette et aida Miss Butler à finir son déménagement. Mme Watkins les accompagna lorsqu'ils partirent. Je quittai aussitôt la véranda et rentrai dans l'intention de me rendre directement dans la chambre de Yonkers, mais, en passant devant la porte de la cave, je vis qu'elle était entrebâillée. Je m'en approchai, attiré comme par un aimant.

Il n'y avait pas de lumière. Je tournai le commutateur et, instruit par l'expérience, je regardai autour de moi avant d'aller plus loin. Ne voyant personne, je descendis les marches avec circonspection. Arrivé en bas, je cherchai le corps des yeux.

Disparu, le corps.

La cantine avait repris sa place et le tas de terre meuble ne se voyait plus. Il n'était pas difficile de deviner où se trouvait maintenant le cadavre. Albert Parker était redescendu pendant que je rêvassais dans ma chambre et il avait achevé sa besogne aussi tranquillement que si personne n'était venu le déranger. A quel genre d'homme avais-je donc affaire ?

Je jetai un dernier regard sur la cantine, avec son *Dudley A. Yonkers* peint sur le couvercle. Au moins, le pauvre homme a sa pierre tombale, me dis-je en remontant l'escalier.

50

Red Chase et Calvin Davy se tenaient devant la porte de Yonkers lorsque je passai sur le palier. J'observai le visage de Davy à la dérobée. Aucune trace de fatigue ne s'y lisait.

Je m'assis près de ma table et, à travers la porte que j'avais laissée entrouverte, je les entendis débattre le prix de six bouteilles de whisky irlandais. Il leur fallut cinq minutes pour se mettre d'accord, après quoi Davy s'en alla et Red regagna sa propre chambre. J'allais descendre quand Axel sortit de chez lui.

— Une clavette, dit-il en m'apercevant.

Un sourire enfantin éclairait son visage, et un vieux bouquin écorné sortait de la poche de son bleu de chauffe.

— Comment ? fis-je.

— Une clavette, répéta-t-il. Il faut que j'aille jusqu'à Nassau Street pour en trouver une de la bonne dimension. Celle-ci (Il me montra le creux de sa main) est tout juste assez grande pour être trop petite, comme on dit ! Aucun de nos disparus ne s'est encore montré ?

— Pas que je sache.

Il secoua sa crinière ébouriffée.

— Terrible... terrible, soupira-t-il. Mme Igoe m'a annoncé que la police devait venir cet après-midi. C'est à n'y rien comprendre.

Puis, se souvenant tout à coup de la raison qui l'avait fait sortir de chez lui, il s'éloigna rapidement.

La police, pensai-je sans joie. Avec le petit travail que j'ai à terminer aujourd'hui, c'est complet.

Pendant que j'hésitais à l'entrée de l'escalier, j'entendis une porte s'ouvrir à l'étage du dessous et j'eus le plaisir de voir Chase quitter sa chambre et s'en aller.

Deux minutes plus tard, je refermai sur moi la porte de Yonkers.

Sa bibliothèque avait des dimensions imposantes et chaque centimètre d'étagère était occupé. Dans le bas s'entassaient dictionnaires, atlas, encyclopédies… quelques-unes en langue étrangère. Des centaines de cahiers emplissaient les rayons du haut. J'en pris un.

… Portobello est un crétin absolu. J'ai perdu une demi-heure à tenter de le convaincre que le général Custer n'a pas été tué à la bataille de Bull Run. L'imbécile confond évidemment avec Sitting Bull. Il a sans doute vu un film…

L'écriture était petite mais claire. Je tournai deux pages.

… avant que les Blancs (et les Noirs) ne soient arrivés avec des chevaux, les Indiens des plaines étaient incapables de poursuivre les bisons…

Quelques pages plus loin, je lus :

… salivation. La nourriture descend alors de l'œsophage (du joli mot grec oiso qui veut dire « je porte » et de phagein qui signifie « manger ») dans l'estomac où les sucs et les enzymes dissolvent les particules…

Je remis le volume en place et portai mon attention sur le bureau. S'il existe une phrase révélatrice, raisonnai-je, je la trouverai plutôt dans le journal en cours. Mais le dessus du meuble était nu, et le tiroir contenait seulement des cahiers neufs, deux porte-plumes, une paire de ciseaux et des bracelets de caoutchouc.

Mon regard fit le tour de la petite pièce. Tout était propre et bien en ordre. J'avais entendu Yonkers dire un jour qu'il ne rangeait pas ses cahiers par ordre chronologique, mais j'examinai tout de même le premier et le dernier de chaque rayon. Ils étaient tous remplis du commencement à la fin et l'encre ne paraissait pas récente. A la pensée d'avoir à parcourir – même rapidement – la totalité de ces recueils, le cœur me manqua. Je saisis un autre volume.

Le Niagara coule entre le lac Ontario et le lac Erié.

Je passai quelques feuillets.

... Shadmeister pense que les langues soudanaises ont une origine commune, bien que les indigènes de tribus voisines soient incapables de se comprendre...

Je regardai la dernière page:

... et naturellement on cultive la canne à sucre à La Barbade. On tire du rhum de ses...

Je replaçai le cahier sur son rayon, puis j'inspectai les tiroirs de la table de toilette, le placard et je regardai même sous le lit. Nulle part je ne vis trace du dernier volume. Le maître chanteur, qui n'était pas plus bête que moi, l'avait-il subtilisé? Je retournai à la bibliothèque et la contemplai tristement. Sur le rayon supérieur, l'un des cahiers faisait une saillie légère. Je levai machinalement le doigt pour le repousser et m'arrêtai, le doigt en l'air.

Une seconde plus tard, je feuilletai fébrilement le mince volume. Pages de la fin blanches... c'était bien le cahier en cours! Dudley l'avait placé ainsi pour le retrouver facilement lorsqu'il se mettrait au travail. Je l'ouvris à la dernière note.

Esope était un esclave bossu. Il vivait au sixième siècle avant Jésus-Christ. On rapporte à son sujet...

Je lâchai un juron et revins une page en arrière. Cette fois je trouvai:

A travers la vitre j'ai vu des liasses de billets. Le lit en était couvert. Des milliers et des milliers de dollars. Où a-t-il trouvé tant d'argent? Il a paru abasourdi en me voyant derrière sa fenêtre, et je comprends son étonnement. La vue d'un homme poursuivant un canari sur une échelle d'incendie est une chose assez rare ! Mais comment s'est-il procuré une telle somme ? Pas par des moyens honnêtes, certainement. Il m'est venu à l'esprit qu'il pourrait me prêter de quoi acheter un magnétophone. Cet appareil me serait très utile pour enregistrer des documents supplémentaires. Avec tout cet argent, pourquoi mène-t-il une existence si misérable ? Il pourrait au moins se faire couper les cheveux et acheter des vêtements convenables. Et il devrait aussi raser cette barbe répugnante. Je me demande si la disparition de Washington et de la fille n'est pas liée de façon ou d'autre à cette richesse subite.

Une barbe ? Shadmeister était le seul homme ici à la porter. Je revis par la pensée Yonkers sur l'échelle de secours. Il avait brandi son chapeau et une expression étonnée était apparue sur son visage, mais ses yeux ne suivaient pas alors l'oiseau qui s'envolait. Ils étaient fixés sur une fenêtre… la fenêtre d'Axel.

Mais voyons, me dis-je, Shadmeister appartient à la race blanche. Qu'est-ce que tout ça signifie ?

Je lus attentivement le début du cahier, mais n'y trouvai pas d'autre renseignement utile.

51

Bien entendu, sa porte était la seule de la maison qui fermât convenablement, et mon morceau de plastique ne me fut d'aucun secours. Je retournais chez moi, la tête basse, quand je me souvins brusquement du passage secret… et je compris aussitôt comment Axel avait pu quitter la maison sans être vu pour aller donner son coup de téléphone. Je descendis rapidement à la cave, évitai de regarder la tombe du malheureux Yonkers et ouvris la porte du monte-plats. Si Shadmeister l'utilisait pour sortir de sa chambre, pourquoi ne m'en servirais-je pas pour y entrer ? La cage était étroite, mais un vasistas ouvert dans le toit l'éclairait et, bien que rudimentaire, l'échelle semblait solide. Je m'introduisis dans l'ouverture et la refermai derrière moi. Je mis bien dix minutes pour atteindre le second étage. A un certain endroit, un étranglement du mur faillit arrêter mon ascension, mais au prix d'une écorchure au tibia je finis par passer.

La porte qui donnait dans sa chambre refusa de s'ouvrir. Je m'adossai contre elle et, appuyant mes pieds sur la paroi d'en face, je pesai de toutes mes forces. Le loquet céda, et je fus précipité dans la pièce, heureusement vide. Suant et soufflant, je gagnai le fauteuil et m'y assis en posant le revolver sur mes genoux.

Lorsque je fus un peu remis, je commençai mes recherches.

Les classeurs étaient fermés à clé, et la commode contenait seulement de vieux bouquins. Sous le lit, je trouvai quatre billets de vingt dollars, probablement tombés quand Shadmeister avait surpris le visage de Dudley à sa fenêtre. Un instant plus tard, en feuilletant un magazine, je vis que de petits rectangles avaient été découpés dans ses pages à coups de ciseaux. Les mots des lettres de chantage, pensai-je tout de suite. Ah, si seulement j'avais fait cette découverte quinze jours plus tôt !

Mais où pouvait bien se cacher le reste de l'argent ? La pièce était dans un tel désordre que le plus simple était de le demander à Shadmeister lorsqu'il rentrerait.

Je revins m'asseoir dans le fauteuil. Une odeur familière me chatouilla les narines, celle-là même que j'avais respirée le soir précédent au cours de la procession funèbre. Axel avait donc tué sa victime dans cette chambre ? Beaucoup de choses m'échappaient encore et je me sentais bien las.

Les minutes passaient lentement. L'atmosphère était étouffante. A travers les doubles vitres de la fenêtre, je vis Sunny sortir de la maison entre un homme et une femme inconnus. Tous trois se dirigèrent vers une auto sur laquelle les mots *Protection de l'Enfance* étaient peints en lettres bleues. La fillette tenait un sac à la main, et quand elle se tourna pour monter dans la voiture, j'aperçus des larmes sur son visage.

— Il ne faut pas que je pense à ça maintenant, murmurai-je en secouant la tête.

L'auto démarra. Peu de temps après, Mme Igoe et Manny sortirent à leur tour et s'éloignèrent en direction de la Neuvième Avenue.

J'étais en sueur. Je m'essuyai le visage, et en remettant le mouchoir dans ma poche, mon regard tomba sur le revolver. Je vais vraiment avoir à m'en servir, pensai-je, brusquement ramené à la raison de mon attente. J'allais abattre

Axel. Dans cette pièce insonorisée la détonation ne serait entendue de personne. Dudley avait-il crié avant de mourir ? Avait-il vainement appelé au secours, ses cris avaient-ils été étouffés par la paroi de liège des murs ? Un frisson me secoua.

Ah, que Shadmeister revienne vite, pour que prenne fin ce défilé d'horreurs dans ma pauvre tête ! Mais il était parti pour Nassau Street. En plein centre. Il ne serait pas de retour avant une heure au moins. Une heure encore à attendre, avant d'en finir.

Que se passera-t-il quand je tirerai sur lui ? Des images commencèrent à se former dans mon esprit. Je voyais la balle pénétrer dans son corps maigre… les yeux lui sortir de la tête… sa bouche édentée s'ouvrir toute grande. J'avais entendu dire, pendant mon séjour à l'armée, que certains soldats ne peuvent pas appuyer sur la détente quand ils aperçoivent un être humain dans leur viseur. D'autres tirent volontairement à côté du but, même dans les combats les plus féroces. Si une telle chose m'arrivait au moment d'agir ? J'essuyai encore la sueur qui coulait sur mon visage. Mais non, ça ne se produirait pas. Les pièges que j'avais posés avaient tué des gens… déchiqueté leurs corps. Un piège ou un revolver, le résultat était le même. Tuer, c'est toujours tuer.

Je me surpris à contempler la boîte de dynamite posée sur l'étagère. La sueur me piquait les yeux, j'avais la bouche sèche. Je m'humectai les lèvres en regardant la caissette du détonateur placée près d'elle. Si j'utilisais l'explosif pour terminer ma besogne ? Pourquoi pas ? Tout le nécessaire se trouvait à ma disposition. Qu'Axel saute, et tout le monde croirait à un accident… à une expérience qui avait mal tourné. La police elle-même ne penserait pas à un meurtre.

Mais l'argent et les photostats ? Ah, merde, on ne pouvait pas tout avoir ! Ce qui importait, c'est que le maître chanteur disparaisse.

L'idée d'un emploi astucieux de l'explosif était bien tentante. Je pourrais accrocher un bidule à sa porte, par exemple, et quand il l'ouvrirait… bonsoir la compagnie ! Mais si, du couloir, quelqu'un voyait ce qui se passait ? Ou bien, pis encore, si Axel utilisait le passage secret pour rentrer chez lui et découvrait le pot aux roses ? C'était trop hasardeux. Une bombe à retardement serait préférable Je m'approchai de l'établi. Le détonateur fonctionnait électriquement mais il était dépourvu de mécanisme d'horlogerie. Mon bracelet-montre pourrait remplir cet office. Il y avait aussi le fait que Shadmeister entrait et sortait à n'importe quelle heure du jour et de la nuit. Il pouvait se trouver à des lieues de sa chambre au moment de l'explosion.

Je regardai autour de moi. L'ampoule électrique peut-être… ou le téléphone. Oui, plutôt le téléphone. Je le piège, je surveille le retour d'Axel, et d'une cabine proche je forme son numéro. Quand il décroche… boum !

C'était simple à préparer, je déclenchais l'explosion à mon heure, et j'aurais un alibi à toute épreuve !

Quelques minutes plus tard, j'avais dévissé le capuchon de l'appareil et je considérais avec accablement le fouillis de fils et de pièces microscopiques. Je ne m'y reconnaîtrais jamais. Je me mis tout de même à la besogne. L'étincelle devrait provenir d'une source indépendante, décidai-je. Si je trouvais une pile, je pourrais établir mon propre circuit. Dans le tiroir de l'établi, je dénichai une lampe-torche en bon état. Je glissai le revolver dans ma poche et espérai que mes mains seraient suffisamment assurées.

Ce fut plus facile que je ne m'y attendais. Le téléphone était placé sur un vieux cabinet de fumeur dans lequel étaient rangés divers annuaires. J'enlevai ceux-ci et les cachai sous le lit. Je façonnai ensuite un interrupteur rudimentaire à l'aide d'un morceau de cuivre et, après l'avoir fixé à l'intérieur du capuchon, je l'équipai de fils que je fis passer à travers un trou préalablement percé dans le cabinet. Je reliai ces fils à la pile de la lampe-torche et au détonateur. J'empilai la dynamite dans le plus grand compartiment du cabinet. J'en mis une bonne quantité, car les explosifs sont parfois capricieux, et si Shadmeister en réchappait ce serait la fin des haricots. Par bonheur, la dynamite ne manquait pas et, après la première explosion, tout le paquet y passerait certainement. La maison entière risquait même de sauter. Cette perspective m'arracha une grimace, mais ne m'empêcha pas d'achever convenablement mon petit travail.

Je pris note du numéro de téléphone, posai délicatement l'appareil sur le trou percé dans le cabinet et remis celui-ci dans sa position originale.

A le voir, on ne se serait pas douté des manipulations qu'il venait de subir, mais le piège était tendu. Il suffisait maintenant qu'on soulève le combiné pour que mon interrupteur laisse passer le courant de la pile vers la tige du détonateur et qu'une magnifique explosion se produise.

Avant de ranger les outils, je revissai le loquet sur la porte du monte-plats. Ce faisant, je remarquai le trou d'une ancienne serrure qui permettait de manœuvrer le loquet du dehors à l'aide d'un tournevis ou d'un clou assez long. Shadmeister pouvait donc emprunter ce chemin pour réintégrer sa chambre et je fis des vœux pour ne pas le croiser au cours de ma descente.

Des bouts de fils de cuivre jonchaient l'établi. Pendant que je les faisais disparaître, j'entendis la porte d'entrée s'ouvrir. Je me blottis rapidement derrière un grand classeur et sortis le revolver de ma poche.

Je venais de me donner beaucoup de mal pour rien.

52

La tête baissée, il s'avançait à grands pas entre les éléments de sa M.A.B.U.G., sans les voir. Le bleu de chauffe trop ample pendait sur lui comme un vêtement accroché à un portemanteau et sa barbe frémissait au rythme des paroles qu'il marmonnait en marchant. Comme il se courbait pour passer sous un tube en matière plastique son regard rencontra le mien. Interloqué, il se redressa lentement.

— Monsieur Pierglass..., commença-t-il.

Puis il vit le revolver et se tut.

— Ecartez-vous de cette tuyauterie, commandai-je. Allez vous mettre au milieu de la pièce, et pas de mouvements brusques, surtout.

— Mais que faites-vous chez moi avec cette arme ?

Sous la broussaille des sourcils, ses yeux arrondis paraissaient gros comme des soucoupes.

— Au milieu de la pièce ! répétai-je en élevant le ton.

Il secoua la tête comme si le mystère était trop profond pour lui et obtempéra.

— A présent, retroussez les jambes de votre pantalon.

— Vous êtes fou ! cria-t-il.

— Faites ce que je vous dis.

— Relever les jambes de mon pantalon... pourquoi ?

— Parce que si vous ne le faites pas je vous tire dessus. Allons, vite !

L'air toujours stupéfait, il empoigna le bas de son pantalon et le remonta. Ses mollets étaient d'une couleur brune qui rappelait celle du cacao.

— Vous êtes un nègre, dis-je.

Il me considéra un long moment en silence. Je voyais presque bouillonner sa pensée à travers ses yeux bleus. Quelle histoire allait-il me sortir ? Laissant retomber son pantalon, il poussa un gros soupir et murmura :

— Pas encore.

— Pas encore quoi ?

— Je ne suis pas encore un nègre, monsieur Pierglass, mais je change petit à petit la couleur de ma peau pour en devenir un.

— Comment ça ?

— Par des tatouages. C'est le seul moyen. J'ai essayé les teintures… le brou de noix, entre autres. Mais ça ne tient pas longtemps. Avec le tatouage, les résultats sont durables, mais le procédé est lent. La couleur brune n'est pas d'un emploi facile et ne s'étale pas de façon régulière. L'opération irrite aussi la peau.

J'étais muet de stupéfaction. Je finis cependant par retrouver ma langue et demandai :

— Vous voulez vraiment devenir un nègre ?

Il hésita un instant, puis un sourire enfantin éclaira son visage et il répondit avec ferveur :

— C'est mon plus cher désir ! J'ai un peu dépassé les genoux. On ne peut travailler que sur de petites surfaces à la fois, et la nuance exacte est difficile à obtenir. Il faut employer des pigments végétaux. Au début, une infection purulente s'est déclarée. Une autre fois, ma peau a tourné au violet, ce qui m'a paru inadéquat.

— Mais pourquoi voulez-vous devenir nègre, Axel ?

— Voilà une question à laquelle il n'est pas facile de répondre. Elle est complexe… comme tout ce qui touche à la complexion ! (Il eut un rire aigu et bref.) Mais je crois que les Noirs sont l'unique espoir du monde et que la race blanche dégénère et sera bientôt retournée au niveau de la brute. Lorsque j'ai débarqué pour la première fois sur la côte de Guinée, l'air de noblesse des habitants m'a confondu. Leurs gestes, leur façon de s'exprimer, leur attitude devant la vie et la nature furent pour moi une illumination. Les autres Blancs n'y voyaient que fétichisme et coutumes barbares, et l'innocence, la pureté des Bantous leur échappaient totalement. Mais à mes yeux, les Noirs sont… sont des dieux et des déesses. Ils sont forts… triomphaux… sublimes !

Je l'écoutais avec une stupeur croissante.

— Sublimes, ces indigènes ? Pourquoi n'êtes-vous pas resté là-bas, alors ?

Ses mains crasseuses se joignirent comme pour prier.

— C'est ce que j'aurais dû faire, monsieur Pierglass. Oui, c'est ce que j'aurais dû faire. Mais la sottise et l'orgueil m'ont ramené aux Etats-Unis. On m'offrait une chaire de professeur. Partout on chantait mes louanges. Et puis un jour, à Baltimore… ils me l'ont tuée.

— Tuée qui ?

— Adjoua… mon épouse. (Il eut un petit rire sans joie.) Quatre hommes dans une voiture. Ils l'ont tuée avec un fusil de chasse pendant qu'elle m'attendait à la porte d'un bureau de tabac. Tout le devant de son beau corps… déchiqueté. Et Adjoua était une princesse, la fille du chef des Kokoros. Si droite et si belle, avec une peau de velours noir… un corps d'une douceur… et un sourire… un sourire. Quand je l'ai épousée, j'étais le plus heureux des hommes. La cérémonie s'est passée au bord de la Volta Blanche, un fleuve immense. Toute la tribu était présente et nous avons bu une quantité incroyable de vin de palme.

Ses mains se séparèrent et il poursuivit :

— Non, je n'aurais jamais dû remettre les pieds ici. Ni assister au Congrès de Baltimore. Si j'avais su que des émeutes raciales se déroulaient dans la région, je n'y serais jamais venu. Ils ont dû la remarquer en ma compagnie – moi, un Blanc – et l'ont assassinée pour cette raison. C'était son seul crime. Elle est morte parce que ma peau était blanche. J'ai cru devenir fou, et j'ai tenté d'oublier ma douleur en partant pour la Nouvelle-Guinée. C'est là que le casoar m'a flanqué son coup de patte et, soudain, j'ai compris que mon devoir était d'aider le peuple noir. Si je pouvais faire une grande découverte... une invention qui me rapporterait des sommes fabuleuses – des millions et des millions de dollars – je serais alors à même d'aider les Noirs d'Amérique à obtenir une liberté véritable. Et peut-être, plus tard, les Noirs du Nouveau Monde donneraient-ils la main à ceux de l'ancien continent, et tous ensemble ils conduiraient l'humanité vers des voies meilleures. Mais la tâche est difficile.

Brusquement, il parut sortir d'un rêve et ses yeux devinrent brillants ; une petite lueur rusée s'alluma au fond de ses prunelles.

— Je savais que vous me cherchiez, dit-il. Je l'ai deviné dès le début. Vous étiez trop différent des autres locataires. C'est Yonkers qui vous a mis au courant ?

— Non, répondis-je en posant sur le classeur la main qui tenait le revolver. J'ai compris en parcourant l'un de ses cahiers. Sans cela, je ne me serais jamais douté que c'était vous. Je ne pensais pas à un Blanc.

— Les cahiers ? Vous n'êtes pas bête, monsieur Pierglass. J'aurais dû vous tuer, mais je n'aime pas la violence.

— Vous avez pourtant assassiné deux personnes, Axel.

— J'y étais obligé. L'individu de Central Park ne valait pas cher. Il était beaucoup plus fort que moi, la grande brute, mais heureusement il s'attendait à rencontrer un Noir, sans quoi je n'aurais jamais eu le dessus. J'ai été surpris de la rapidité avec laquelle je l'ai mis hors de combat. L'artère carotide, vous comprenez. Le pauvre Dudley, c'est différent. Ça m'a fait beaucoup de peine. Mais il n'y avait pas moyen d'agir autrement. Je savais qu'il ne pourrait pas s'empêcher de parler et que vous seriez tout de suite sur mon dos. (Il tirailla nerveusement sa barbe.) J'ai commis l'erreur de le laisser sur le fauteuil après lui avoir planté mon pic à glace dans la gorge; la rigidité cadavérique a eu le temps de s'établir et, quand j'ai voulu l'introduire dans la cage du monte-plats, ses bras et ses jambes m'en ont empêché. Alors je me suis dit que le mieux serait de le charger sur mon dos et de descendre par l'escalier pendant la nuit. Seulement voilà, Red et Manny sont venus s'installer dans la véranda et y sont restés à boire et à bavarder jusqu'au matin. Quant à la nuit dernière... vous savez aussi bien que moi ce qui s'est passé.

Je comprenais à présent pourquoi l'homme entrevu avait la plante des pieds si claire alors que ses jambes étaient brunes.

— Oui, dis-je. Et après mon départ de la cave, vous êtes redescendu l'enterrer.

— La chose ne pouvait plus attendre, monsieur Pierglass. Mais la besogne n'était pas drôle, croyez-moi. J'ai dû lui briser les jambes pour le faire tenir dans le trou. Allez-vous me tuer?

Il posa la question avec une candeur enfantine.

— Où est l'argent? dis-je sans répondre.

Son regard dévia légèrement vers la partie du mur qui se trouvait derrière moi. Le mouvement ne dura qu'une fraction de seconde et, tout de suite, ses yeux revinrent fixer les miens.

— Pourquoi vous le dirais-je? demanda-t-il en se grattant la jambe.

Je pivotai de trente degrés – le revolver toujours dirigé sur Axel – et examinai l'endroit qu'il venait de regarder. Une gravure représentant une très ancienne bicyclette était accrochée de travers à un clou. L'inquiétude se peignit sur les traits de Shadmeister.

— Vous venez de me le révéler, dis-je triomphalement.

Je reculai jusqu'au mur et décrochai le tableau que je lançai sur le lit. Un trou d'une quinzaine de centimètres de diamètre apparut. Découpé dans la paroi de liège, il semblait attendre le tuyau d'un poêle.

— Monte-plats et cheminées, ricanai-je, les ouvertures secrètes ne manquent pas dans votre chambre !

J'introduisis ma main dans le trou. Elle frôla un objet et, à la même seconde, Shadmeister bondit. Instinctivement, je voulus sortir ma main en même temps que je tirais sur lui. Le manquant de peu, la balle s'enfonça dans le plancher tandis que les dents d'un piège se refermaient sur mon poignet.

Je poussai un cri de douleur et le revolver faillit m'échapper.

Un rire aigu et joyeux me parvint de l'autre bout de la pièce et, à l'abri d'un classeur, Shadmeister me cria :

— Que dites-vous de ça, monsieur Pierglass ? A votre place, je ne la bougerais pas trop, cette main. Vous ne pouvez retrouver votre liberté qu'en l'abandonnant où elle est !

Je lâchai une obscénité et tentai avec précaution de tourner mon poignet, mais la souffrance fut telle que j'arrêtai immédiatement.

Il eut un nouvel éclat de rire :

— J'ai honte pour vous, monsieur Pierglass, dit-il d'une voix qui me parut étrangement grave. Tomber à deux reprises dans le même panneau. Je vous croyais plus intelligent. Et vous laisser prendre à un regard ! Je me disais : « Non, non, ce garçon ne marchera pas ; il est plus malin que ça. » Mais vous n'avez pas marché... vous avez couru !

— Et vous, vous êtes malin peut-être ? Vous croyez pouvoir atteindre la porte d'entrée sans recevoir une balle dans la peau ? Allons, ouvrez ce piège, Axel.

— Vous oubliez le passage secret, monsieur Pierglass, répliqua-t-il d'une voix encore plus grave.

— Vous en êtes loin, dis-je en notant que l'une de ses espadrilles dépassait du classeur.

— Ne vous inquiétez pas, j'y arriverai bien.

Il parlait d'un ton assuré et, au lieu d'appartenir au vieux Shadmeister, son organe aurait pu être celui de George Washington ou de Buchanan.

Je levai le revolver et tirai. Des éclats de bois volèrent du plancher à six centimètres de l'espadrille, qui disparut instantanément.

— Quel tireur à la manque ! s'exclama son propriétaire. Si j'avais encore mon pistolet allemand, je vous donnerais une leçon. Mais le pauvre Buck me l'a chipé. Il l'a probablement vu dans la cave en réparant des tuyaux pour Mme Igoe. J'ai bien regretté l'arme et elle ne lui a pas porté chance. J'avais acheté ce Luger à un Hollandais, un jour que je traversais Accra, et à cette époque j'ai bien failli m'en servir pour me suicider. (Il poussa un soupir et, après deux ou trois secondes de silence, reprit :) Comment va ce bras ? Le sang ne coule pas encore sur votre main ?

— C'est le vôtre qui va bientôt couler, grondai-je en gardant mon bras immobile pour diminuer l'atroce souffrance.

— Vous ne devriez pas parler comme ça, petit Blanc.

— Vous êtes aussi blanc que moi.

— C'est un mensonge. Ma peau n'est peut-être pas encore tout à fait noire, mais elle le sera un jour.

D'une voix à présent identique à celle que j'avais entendue sur le magnétophone de Vernon Wilcy, il ajouta, en utilisant le même vocabulaire :

— D'ailleurs, je n'ai jamais été aussi blanc que toi, salopard. Du moins, pas à l'intérieur. Je m'en serais voulu d'être de la même couleur que toi ou que ton ignoble serpent de patron. Un serpent qui va se tordre bientôt sous ma botte ! Tu peux lui dire ça de ma part, à cette charogne blanche. Dis-lui que c'est fini de rire et qu'il va payer cher la mort de cette petite fille. Oui, répète-lui tout ça, minus.

Il y eut un soudain bruit de glissade. Cheveux au vent, Shadmeister venait d'abandonner l'abri du classeur et se précipitait vers la commode. Je fus si surpris que je tirai trop tard. Furieux, je lâchai une seconde balle qui alla se loger dans le meuble. Un grand éclat de rire accueillit ma maladresse.

— Trop bas, petit, trop bas ! Et c'était ta dernière chance de m'avoir.

— Ma dernière chance ? dis-je en essuyant la sueur qui m'aveuglait. Vous êtes encore à trois mètres du monte-plats, Axel. Et ensuite, il faudra ouvrir la petite porte et vous glisser dans l'étroite ouverture sous mon feu. Vous n'y arriverez jamais.

— Tu vas voir, minus. Regarde-bien.

La vieille commode s'avança lourdement d'une dizaine de centimètres, et Shadmeister expliqua :

— Elle est montée sur roulettes, Blanchet, et les roulettes c'est fait pour rouler ! Tu comprends ? Elle est pleine de livres et bigrement lourde, mais elle me mènera à bon port.

Je ressentis soudain un creux dans l'estomac. J'avais du mal à respirer l'air de la pièce qui me semblait avoir une épaisseur de sirop. J'entendis des grognements, et la commode s'avança par saccades. Le revolver se mit à trembler dans ma main, et je compris avec horreur que je ne pourrais rien faire pour empêcher le vieil homme de s'enfuir.

— La partie est perdue pour toi, dit-il de sa voix étrange. Pas de veine, minus. Tu croyais avoir réussi quand ton patron s'est emparé de George, hein ? Oh, j'avais deviné. Pour quelle autre raison aurait-il disparu ? Il discourait trop sur les Blancs et les Noirs. J'ai essayé de le mettre en garde, mais je ne pouvais pas lui raconter toute l'histoire. Je ne pouvais pas lui dire que j'étais allé dans sa ville natale chercher les documents qui m'ont permis de faire cracher son argent à cette vipère. Je l'aimais bien, George. Nous ne pouvons pas nous permettre de perdre beaucoup d'hommes de sa valeur. Après ça, je savais que le moment de décamper était venu pour moi. J'ai rassemblé tout l'argent et je l'ai envoyé hier après-midi à la N.N.N.

— La Nouvelle Nation Noire ! Mais vous n'êtes pas plus noir que moi. Vous êtes un Blanc. Un Blanc au cerveau dérangé... un visionnaire... un fou dangereux. Oui, vous êtes fou, mon vieux, fou... fou... archi-fou !

— Vraiment ? C'est très drôle d'entendre ça, parce que les fous, c'est vous autres Blancs. Et c'est pourquoi nous devons vous arracher le pouvoir avant que vous fassiez plus de dégâts. Vous êtes une erreur de la nature. Vous êtes des monstres, et c'est pourquoi les choses vont si mal. Mais quand notre nation triomphera, nous arrangerons cela. Ma peau sera devenue tout à fait noire. Peut-être me donnera-t-on un poste important dans le nouveau gouvernement, pour me remercier des services rendus à la cause du peuple noir !

— Le peuple noir auquel appartenait Yonkers ?

— Il fallait bien que je le tue ! Et ce n'est pas à toi de me faire la morale, salopard. Le jour vient – il approche à grands pas – où les gens comme toi, comme ce tueur pour qui tu travailles et tous les autres Blancs pourris disparaîtront de la surface du globe. La plus grande partie de la terre appartient déjà aux gens de couleur, et bientôt ses seuls habitants seront des Noirs. Patience... patience !

Pendant ce discours, la commode continuait sa course saccadée vers le monte-plats.

— Vous n'irez pas loin, Axel. Les flics vont vous arrêter, lançai-je en faisant des vœux pour qu'une dernière chance de l'avoir au bout de mon revolver s'offre à moi.

— Crois-tu, petit ? Quand je me serai coupé les cheveux,

rasé la barbe et que j'aurai mis d'autres vêtements? Et n'oublie pas que bientôt je serai noir de la tête aux pieds!

Après une embardée finale, la commode atteignit sa destination. Une espadrille et quelques centimètres de chair brune se montrèrent un instant. Je tirai deux fois. Les balles s'enfoncèrent dans le meuble, et la voix joyeuse lança:

— Je n'ai jamais vu tirer si mal de ma vie! Mais le moment est venu de te quitter, petit. Adieu!

Cachée maintenant à mes yeux, la porte du monte-plats fit entendre un grincement, puis se referma.

— Les flics vous auront! hurlai-je d'une voix rauque.

Seul, un rire étouffé me répondit, puis ce fut le silence.

53

Je me pris à sangloter. La douleur devenait insupportable et, après avoir remonté le long du bras, elle envahissait maintenant tout mon corps.

— Qu'est-ce que John va dire ? murmurai-je plaintivement. Que va-t-il me faire ?

Mon regard se tourna vers la fenêtre. Dans la rue, Manny et Mme Igoe revenaient tranquillement de leur promenade. Je visai le milieu de la vitre et, espérant que la balle ne blesserait personne, j'appuyai sur la détente. Il y eut un petit déclic, mais pas de coup de feu. Je recommençai une deuxième, une troisième fois, sans plus de résultat. Le barillet était vide.

Je poussai un gémissement. Si je lançais l'arme contre la fenêtre, le premier carreau des épaisses doubles vitres volerait certainement en éclats, mais il y avait peu de chance pour que le second se brise. Et si l'une des vitres restait intacte, je pourrais bien m'époumoner... personne n'entendrait mes appels.

J'aperçus alors le clavier de la M.A.B.U.G. à moins de deux mètres de moi. Ses touches semblables à de gros dominos paraissaient me cligner de l'œil et je déchiffrai l'une des inscriptions : *Ouverture de la Fenêtre Numéro Un*. Elle se trouvait sur le côté du panneau le plus proche, entre *Mise en Marche de la Radio* et *Ouverture de la Fenêtre Numéro Deux.*

Je me tournai précautionneusement et, me penchant le plus possible, je tentai d'appuyer sur la première touche avec le canon de mon revolver. Il s'en fallut d'une dizaine de centimètres pour que je l'atteigne. Je cherchai des yeux un objet plus long, mais je n'en vis pas à ma portée.

J'étais pourtant si près du panneau qu'il me suffisait de jeter adroitement mon arme pour enfoncer l'une des touches qui commandaient l'ouverture de la fenêtre. Je pris une profonde inspiration (qui me remplit les poumons d'un air visqueux) et, visant avec soin, je lançai le revolver contre le clavier. Il le heurta en plein et rebondit sur le parquet. Une bille dégringola aussitôt de la trémie et commença son voyage à travers les tubes en matière plastique.

Je voulus me redresser pour voir quelle touche je venais d'atteindre et, pour m'y aider, je tentai de saisir l'un des éléments métalliques de la M.A.B.U.G. qui brillait au-dessus de ma tête. Effort inutile – lui aussi était hors de ma portée – mais je crus un instant que les mâchoires du piège allaient arracher la chair de ma main, comme un gant humide qu'on retire. Je retombai, pantelant, contre le mur.

La bille d'acier sortit à toute vitesse d'un coude de l'appareil, roula dans une partie inclinée du tube, et entama sur sa lancée l'ascension d'une longue spirale creuse avant de disparaître dans une autre courbe de la tuyauterie.

— Shadmeister ! appelai-je de toutes mes forces, les genoux vacillants, les yeux exorbités.

Autour de moi tout devenait fluide, irréel, et j'avais l'impression de choir de plus en plus vite dans un abîme sans fond.

La bille tomba dans un petit bac de cuivre avec un tintement sonore. Un bruit étrange qui rappelait celui de la vapeur s'échappant d'une bouilloire emplit mes oreilles. Je me rendis compte tout à coup qu'il sortait de mes lèvres et hurlai :

— Revenez, Axel ! Vite, revenez !

Grinçante et cliquetante, la M.A.B.U.G. se mit en marche. Sa grande pince descendit du plafond et, saisissant le combiné du téléphone entre ses deux branches, elle se mit lentement à le soulever.

Cet ouvrage a été composé
par Infoprint, Ile Maurice.
Reproduit et achevé d'imprimer sur Roto-Page
par l'Imprimerie Floch à Mayenne
le 3 mai 1993.
Dépôt légal : mai 1993.
Numéro d'imprimeur : 34212.

ISBN 2-07-049361-X / Imprimé en France.

64291